中国诗人

童启松 著

MENG 梦 XIAN 闲 CI 词

北方联合出版传媒（集团）股份有限公司
春风文艺出版社
·沈　阳·

图书在版编目（CIP）数据

中国诗人．梦闲词 / 童启松著．—沈阳：春风文艺出版社，2022.4（2023.8重印）

ISBN 978-7-5313-6155-8

Ⅰ．①中… Ⅱ．①童… Ⅲ．①诗集—中国—当代 Ⅳ．①I227

中国版本图书馆CIP数据核字（2022）第017644号

北方联合出版传媒（集团）股份有限公司
春风文艺出版社出版发行
http://www.chunfengwenyi.com
沈阳市和平区十一纬路25号　邮编：110003
永清县晔盛亚胶印有限公司印刷

责任编辑：	韩　喆	责任校对：	赵丹彤
装帧设计：	Amber Design 琥珀视觉	幅面尺寸：	125mm × 195mm
印　　张：	10.25	字　　数：	178千字
版　　次：	2022年4月第1版	印　　次：	2023年8月第2次
书　　号：	ISBN 978-7-5313-6155-8	定　　价：	40.00元

序

藕孔中的阿修罗

——读童启松的词

刘　川

我一直认为，21世纪的传统诗词必须解决两个难题，当然童启松也不能置身事外。

一、小，何以能大？

《长阿含经》中讲，阿修罗大有威力，欲摘取日月作为耳珰，率部族与天帝作战，而天帝获得佛的帮助，阿修罗只得收拾刀兵武装，缩小巨大的身躯，躲入藕孔中。当然，这只是一个故事。于此处拿过来，是因为故事实在与诗词有关照。传统诗词作为微观艺术、小体量艺术，虽小，却始终自洽自足，不论多么宏大的现实、多么辽阔的宇宙、多么复杂的人生，都能缩小，放入具体体例体式的藕孔（平仄、格律等）。现在我们看看，诗人童启松的词如何以小容大。

他运用了“剪切法”。《竹枝·旗袍秀》：“流光笑靥，黛眉妆。旗袍粉艳，袖藏香。”童启松在解决旗袍秀大型走秀现场这一题材，采用了减法，尽量控制言说欲，只是略作呈现，所谓呈现也只是从整体上剪切片段，用局部代替整体。笑靥、黛眉、粉艳的旗袍，是实景上剪下来的三个小片，是实笔；而“袖藏香”，这藏在袖子里若有若无、时有时无、挥洒便有、收敛即无的香，是从感觉上剪下来的一小片，是神笔。从视觉、嗅觉，更到神秘想象力的激发，令人叹为观止。可以说，这首小体量的词，体量虽小，回味却无穷，把藕孔给了自己，把无限延展的空间给了读者。

他运用了“合体法”。《南歌子·痴荷》：“十里风荷翠，星云醉紫朱。花露玉飞珠。不知羞靥漾，寄谁书。”这首词中，荷就是人，人就是荷，所以初开的红色荷花“羞靥漾”，仿佛想给谁写情书。大到天人一体，小至物我一如，小篇幅有大寄托，就能够俭省词汇，在写景、写物之中，巧妙运用人格化手法。这首词中，作者看似闲闲淡淡，却已经用力发招，虽寥寥几笔，却写活了一池热闹的荷花。

他还运用了“渲染法”。《摘得新·三峡平湖》：“问病夫。江天几度书。万千幽梦幻，出平湖。巫山云露更情瀑，漫琼珠。”平湖万州，被中央电视台评为新三峡

“十大旅游新景观”之一。这首词居然懒恹恹地写，仿佛多情的女子，与懒恹恹的情郎对话。而对话的背景是万千幽梦幻境一般的平湖，巫山云雨及多情之瀑在漫洒琼珠。让读者在烟雨朦胧中不禁产生情丝万缕。这种避开实景而渲染氛围之法，也是省笔墨的好方法，以小小篇幅提供无限的想象，读者自己生发情绪。

当然，童启松还有更多以小容大之法，他将主体（自我）和客体（世界）、作者（我）和读者（另一群我）置入一个整体，这种统一的内在视角，使作品体量小而含量大、分量重。古人多爱采用檃括之法、用典之法、描摹之法，形成了种种典型技巧，童启松则爱用感受力比较强的国画式写意，有留白之感。这种笔法的好处是作者提供线索，读者找到宝藏。

还有一点。止庵先生在关于“有我”“无我”之境中，曾经举过两首唐人绝句为诗例。我在此再转引一下。一首是贾岛的《寻隐者不遇》：“松下问童子，言师采药去。只在此山中，云深不知处。”另一首是柳宗元的《江雪》：“千山鸟飞绝，万径人踪灭。孤舟蓑笠翁，独钓寒江雪。”贾诗写了一个人向着自然、进入自然，逐渐达到主体泯去、自我消融的过程；而柳诗是从与自然环境的冲突之中，凸显出更大更强的自我来，人与自然是对峙的，自然是人的主体性人格的衬托与辅助。童启松的作品也大量涉及山水风物（客体与他者），而他选择了物中有我、我中有物，既不全部泯失，也不全部凸显。或许，这就是他自己的文化人格，根本就不站在有我与无我的二元对立之间。

对于诗词是什么，我更喜欢的解释是，它只是一个线索。作者轻轻摇晃一下语言的消息树，读者就明白具体的秘密含义了，而外人一点也看不出来。诗词不负责为所有人当翻译官，不负责让所有人明白。诗词之妙在于读者和作者的"心有灵犀一点通"。童启松以小容大的独造奇境式写作，可以继续于此进行开拓和延伸。

二、古，何以能今？

童启松的词，在语言层面有一个突出的特点，就是语言的古典倾向、语感的现代倾向。他单单以古典语、传统语汇为基础，通过古典氛围和古典意象的营造，来呈现当代性的复杂主题和情绪似乎很难；不过，他往往能够在古典中暗暗穿起一条极富生活感的现实主线。比如《钿带长中调·小满惊》："小满惊。嫩桃生。缀枝梢、系佩缨。抹紫匀红，泼墨斗兴。香囊暗做，念把端午迎。漾靥笑颜欢声。自结流苏网细，方角菱形。画咸蛋、粽子彩绳。青梅竹马，聚齐约比争。一霎鬓白难更。"虽然语言是古典的，但采用的是简短快速的、信息密集的、情感欢快的生活化语感。三四个字一个信息链、一个场景、一个情绪，这样节奏明快、活泼跳跃的语感，一下子把读者带入小满节气来临的热闹现场。

再比如《南乡一剪梅·飘岸》："山远入银屏。幻梦还疑泼墨兴。问得人家何处是，云里消凝。雾里消凝。 寻觅鹤声鸣。紫绿烟岚更觉惊。木叶飘零风愈劲，金屋霜凌，茅屋霜凌。""飘岸"已经属于具有现代感的自造词了，古语所无。而整首词，阐释"飘岸"，既似国画，用写意、留白，来塑造韵味，又似油画，通过控制色块的形状、大小、方向，来造景、表达观念。

语感乃经验色彩很浓的言说能力和表达效果，将生活经验、心理经验、情感经验在具体化的语境里变化呈现。尤其在古典语境里的现代性文学经验的体现，不能一味复古，追求已经成为范式的花间派气息或豪放派气息，要因着每一首作品的内在表达不同，通过语言的力量、速度、方向等呈现对这种内在的有效传送。童启松的词里，现代事物作为题材不明显，多以传统语境表达当下事物，这样的写作或许更难，因为需要把今天的阿修罗和飞机大炮也塞入古典语言的藕孔。

当然，童启松的词在语言上也有个性化比较强的"基因突变"。比如他的《八宝妆·问宇》："空碧星云，寂寥琼宇，宙外太阳牵系。温室花园孤独处，更望移居邻邸。银河霄九，念向寻觅光年，虚空天阔难窥觊。还怕远宫寒极，思量飞地。　奥尔特慕暗迷，几回梦过，静幽浑似天睿。更惊是、柯伊伯带，但多想、重门奇诡。问何解、人工智慧。镜花沉梦追流彗。探险醉无穷，微波引力多憔悴。”读者一阅便知，作者写宇宙、写天地，已经摆脱宋代苏轼《水调歌头·明月几时有》对“天上宫阙”“今夕是何年”的询问了。时代在变，新的语汇如何恰当进入传统诗词而不产生审美隔阂和意境撕裂，是摆在每个诗人案头的一个巨大的、迫切需要解决的课题。童启松在这首词里对着茫茫太空产生了深沉的家园意识。“温室花园孤独处，更望移居邻邸”，这样的表达正是在中国进入首辆火星车“祝融”号成功降落火星的时代，诗人应该有的立意与思考。在这首词里，已经不完全是语言与语感层面的具体技术操作问题了，而是诗人如何开启自身的时代性，从而获得与所处时代的纽带关系，让写作具有对现实的关照力、表现力与驾驭力的大问题了。

如此，对童启松作品的集中阅读，就激发了我对童启松式以古写今、以今写今、以古今写自我的一系列可能性写作的持续关注。词，作为一种体例体式比较固化的传统写作，我依旧把它称为藕孔。是的，在方寸之间，我们每位词作者作为大有威力、欲摘取日月为耳珰的阿修罗，既面临着运用古典语言处理现实题材的束缚，也面临着运用老式风格（比如高古、雄浑、沉郁等）处理现代观念、现代审美的束缚。简言之，藕孔中的阿修罗，除了与狭小藕孔的对抗，更有与自身的对抗，他必须完成自身的现代转型。在此，希望童启松施展全部绝活、快速蜕变，给汉语一个更大的惊喜。

目　录
CONTENTS

目　录

CONTENTS

目　录
CONTENTS

目　录
CONTENTS

目　　录
CONTENTS

目　录
CONTENTS

目　录
CONTENTS

目　录
CONTENTS

目　录
CONTENTS

目 录
CONTENTS

目　录
CONTENTS

目　录
CONTENTS

目　　录
CONTENTS

目　　录

CONTENTS

目　录
CONTENTS

目 录

CONTENTS

目　录
CONTENTS

目　录
CONTENTS

目　录
CONTENTS

目　录
CONTENTS

平仄韵转换格

目　　录

CONTENTS

目　录
CONTENTS

平 韵 格

竹枝·旗袍秀

流光笑靥，黛眉妆。旗袍粉艳，袖藏香。

归字谣·归

归。云碧千帆争竞飞。牵丝梦，几度尽朝晖。

渔父引·娇

千里春江浪潮。紫朱掩映柔腰。清颜媚妩羞桃。

闲中好·向远

闲愁暗，离远向风尘。不尽相思意，归来情自珍。

纥那曲·痴

问蝶谷幽深。拂风轻拨琴。蕊珠花骨朵，痴恋遇知音。

啰唝曲·难醒

去远难寻觅，归来又愁迷。飞珠痴梦醒，一别醉离悲。

南歌子·痴荷

十里风荷翠，星云醉紫朱。花露玉飞珠。不知羞靥漾，寄谁书。

回波乐·迷惘

凌波去来寻迷。愁梦未醒狂痴。意乱闹思难会，冰珠玉碎倾飞。

舞马词·乱

踏飞翠绿云裳。寻幽乱絮轻扬。几处离思别念，清眠弄断愁肠。

三台·望秋

对眸难会难猜。杏眼秋水秋怀。闲愁怨愁望断，不时梦里重来。

柘枝引·愁絮

无言掩隐泣声悲。未恋缀高枝。飞絮知何去，云天万里觅情痴。

凭阑人 · 怀念

黄叶寒蝉不夜啾。飘落枫红飞絮惆，今时痴梦游。玉泉山下秋。

摘得新 · 三峡平湖

问病夫。江天几度书。万千幽梦幻，出平湖。巫山云露情如瀑，漫琼珠。

渔歌子 · 箫引

云碧幽谷洞箫吟。呓语声和鸟扑林。黄鹂唱，雀痴音。蝶舞蜘弄拨悬琴。

忆江南 · 贵妃醉

清如许，园月印池中。玉润冰肌妆欲淡，粉腮眉黛落惊鸿。惶窘醉花容。

潇湘神 · 弦禅

纤指弹。纤指弹。绕梁音隐又更阑。语塞独孤残月夜，蛾眉妆懒渐衣宽。

解红 · 残愁

掩细雨，怕春寒。暗收愫有藏又难。梦里思量几时觉，晓风刺骨露珠弹。

赤枣子 · 白玉兰

丰润妩，醉头梢。藏珠飞露数琼苞。半月挂枝羞碧玉，傲矜余韵秀柔娇。

捣练子 · 春梦

春雨细，夜倾寒。沉梦江南还又难。怕见相思珠泪泼，念谁轻拂落尘弦。

桂殿秋 · 灯花

惊梦醒，露珠凝。枕边半虚空把灯。难离去燕闲愁乱，漫掩飞星暗自矜。

阳关曲 · 望梅

雨帘梅子断肠惊。云梦沉眠醉未醒。碧空草远更烟乱，无语尘封香暗生。

欸乃曲·梦游

都借清觞来解愁。心魔难去落怊惆。桃眸杏眼渍襟湿，未恋巫山牵梦游。

采莲子·眷恋

昨忆红花坠枕边。腻香遗落问秋千。玉颜艳紫余多少，未剪衣宽暗自怜。

浪淘沙·重九

登高远望想谁痴。难见枫红落又迟。直把朱颜空对镜，清觞醉梦翠柔姿。

杨柳枝·扬絮

飘落银湖弄影愁。几时回荡树梢头。碎心忍看千花尽，乱絮扬飞不肯收。

八拍蛮·白露

珠露又凝金叶黄。闲愁飞絮怕惊凉。谁与云天相伴住，残秋寒夜拂风裳。

字字双·初露

风轻欲寒疏露疏。夜半幽孤初露初。清觞难解余露余。未如尽付珠露珠。

甘州曲·戏精

不时惊。珠雨霎，泪余晴。乐翻都道是明星。妙趣纵横生。想忘了、归去又还迎。

踏歌词·花下

香暗云裳薄，胭脂淡抹妆。镶金环坠玉，腰瘦黛眉长。纤指整衣忙。媚妩为谁扬。

秋风清·凝

频望断，念相依。云珠时落下，烟露自倾飞。闲愁秋色幽离去，迷恋春风痴忘归。

抛球乐·惊梦

拂晓风惊寒。穷秋叶落栏。念思归雁寄，痴梦几时还。不想芙蓉泪，伴飞珠又弹。

法驾导引·秋月

清风月，清风月，飘洒漫无涯。半老芙蓉时掩面，飞烟天外薄云纱。金粟菊黄花。

忆王孙·访荷

蝉鸣飞柳拂风轻。翠紫风裳娇艳生。出水芙蓉谁与争。露珠盈。藏隐矜贞冰玉惊。

遐方怨·秋寒

残月落，露秋寒。梦里还愁，醉沉瑶觞醒又难。漫飞飘絮忆流年。掩声轻自语，问前番。

后庭花破子·秋梦

落絮秋叶惊。残月斜几更。珠露凝霜冷，相思念又生。恨难醒。醉言遗梦，飞檐坠雨听。

江城子·独影

淑女娇媚窈窕姿。伴芳菲。似花非。楼空燕子、寥寂独孤飞。晚暮斜阳照柳外，蝉鸣细，唤伊归。

长相思·鸿蒙

满心忡。念思浓。梁绕琴音鸿梦匆。箫声落谷朦。

茅庐空。酒盈盅。涯际云天不见容。迷寻千宇穹。

思帝乡· 秋思

何痴。落尘愁梦知。珠露欲凝情结，几多时。风月凄清孤冷，轻寒弄巧迟。飘漫谷深黄叶、掩幽姿。

河满子·秋荷

细雨沾栏凝露，拂风惊梦飞珠。翠减云裳无力，满池流水难余。昨日粉腮憔悴，几时娇艳如初。

误桃源·冬

望雁向南国，问菊落东篱。絮飘寒乱吹。自徒悲。

傲霜缀玉露，孤冷弄芳菲。蝶梦幻虚境。不时归。

醉太平·难

如痴断难。罗衫恨宽。西风孤扫轻寒。闹三秋梦残。

愁思正烦。夕斜际边。云裳漫絮飞烟。问几时醉还。

春光好·春娇

少年踌，竞妖娆，弄狂潮。争尽花魁憔悴去，醉矜骄。

炎凉笑看零凋。望斜暮、霞淹尘嚣。馥郁遗香寻梦里，镜中逍。

怨回纥·桃花泪

念怕腮颜减，风摧落艳娇。细珠盈睫满，红粉漫江潮。

痴雨倾飞恨，云裳何处飘。曾邀天际外，相对度良宵。

蝴蝶儿·霜降

痴梦残。泪长潸。拂晨秋露弄轻寒。碎心又几番。

珠漫云天外，难收日夕烟。谁边穷尽觅余言。对觞还月阑。

玉蝴蝶·入梦

沾襟珠露飞枝，几见幻梦时。未醉问狂痴，秋风怕又迟。

青荷娇艳瘦，黄菊漫千丝。霜落向东篱，约期难自知。

赞浦子·桂花

翡翠沾金粟，鹅黄暮晚香。念妩梢枝淡，惊颜未抹妆。

怕是穷秋趁闹，又还乱絮飞扬。掩蕊藏羞涩，沉觞醉梦乡。

浣溪沙 · 情问红楼

顽石迷飘青埂峰。几时修得魄魂雄。留遗白雪问余终。

都道湘灵抛玉泪，未知混世泼情浓。三千尘土梦虚空。

雪花飞 · 扬花

寻梦扬飘万里，秋风卷絮翻吹。难弃家园故土，离别忧悲。

低泣愁思苦，幽游伴倦飞。何处身安又稳，未约期归。

沙塞子 · 听信

昨夜西风躇足，秋雨细，雁声归。呓语闹檐惊梦，又凄悲。

向望长天云际，愁念处，意多非。难把量思都会，自相违。

采桑子·夜香

寸心未改柔肠断，粉黛芳藏。双鬓飞霜。秋去冬来遂絮扬。

春风乍见回眸泪，正抹浓妆。锦绣罗裳。且坐楼台暗嗅香。

诉衷情令·大寒

无风细雨露冰寒。行远又还难。漏窗吹醒呓梦，孤影隐阑珊。

千里地，漫霜天。醉樽前。念思花瘦，怅听玉笛，不见归鸾。

好时光·新潮

晓露珠飞青草，羞欲滴、醉芽梢。匀紫抹朱腮粉艳，娇颜隐鲛绡。

雨霁晴未稳，玉蝶湿、弄风骚。念趁春光好，几度闹新潮。

杏园春·江南三月

林花笑靥娇颜。飞珠梦雨霖涟。风裳薄绮湿轻寒。醉幽烟。

嫣红翠柳倾弥漫，羞娥剪影依栏。匀妆烟霭淡脂胭。水云天。

华清引·旧事

开元盛败几声长。只怪眉妆。玉环风月灯暗，孤家始乱纲。

满朝积怨恨柔乡。一人难自汹惶。古今闻旧故，何事问应当。

好女儿·梦秋

夜半滴檐声。腻香漫前庭。三醉芙蓉难觉，暗自梦秋生。

幽影去来惊。问相思、何日重迎。东篱黄菊，西窗翠絮，悴艳余英。

彩鸾归令·秋深

寒夜三更。欲借清觞醉雨听。怨愁不恨自难醒。念思生。

桂枝香腻遗前院，紫菊幽娴隐后庭。絮扬千里落孤零。梦还惊。

望仙门·问秋

落尘娇艳漫飞扬。满风裳。千丝乱结未梳妆。镜中伤。

黄菊东篱瘦，沾襟掩袖余香。念愁难梦问清觞。问清觞。孤影脆柔肠。

占春芳·梅英

寒夜冷，余香暗，玉笛彻吹凉。梦里流觞欢靥，觉来径曲羞藏。

欲醉向柔乡。问烟娥、谁画眉妆。漫天飞舞相思泪，飘落云裳。

相思引·笔记

温暖书签爱自伤。远方还望坠柔乡。情丝却怕，牵不住惊惶。

飞泪碧空寻梦美，化珠细雨浪倾狂。从来未变，炫地老天荒。

落梅风·落梅

氤氲疏影玉容惊。虬枝冷艳凄清。镜花笑靥缀梢迎。暗香萦。

翠禽传信娇颜悴，珠英又落愁生。醉云红糁泪痴倾。最难矜。

乌夜啼·归

梦碎江南雨，飞鸿一去难回。云天万里千丝意，愁怕见依偎。

醉把樽前烛泪，都抛遥碧余晖。轻寒还念风裳薄，未信落痴悲。

相思儿令·错时

未待拨弦泉涌，波上浪情丝。尘梦向迷何处，残月落幽池。

但醉不抵秋悲。算相逢、肠结还痴。云天邀约难期，念思惊断愁时。

阮郎归·相思

一声欢喜闹相思。纹眉待约期。风花雪月自矜持。交杯在几时。

艳芳意，蜜甜词。蛮腰秀丽姿。指纤腮粉玉凝脂。花羞掩醉痴。

珠帘卷·愁

相思意，断肠愁。幽游幻梦高楼。寒浸流星勾画，春风难复收。

都道古来离别，清欢寂度穷秋。还问几多沉恨，空漾荡，念遐悠。

画堂春·梦春

遗香熏染满枝红。际边归远飞鸿。玉珠琼萼惹痴蜂。云梦重逢。

一缕相思倾念，纤尘风月难封。回眸无语问情衷。落漫虚空。

喜长新·秋晓

枯荷破墨镜花寒。呓语轻言。流觞对影忆前番。风裳翠绿云端。

愁梦痴迷谁会，倾诉还难。清眠望晓醉倚栏。虚空坠雨时潸。

金盏子令·穷秋

穷秋渐隐，拒霜黄菊醉寒时。东篱问酒，露珠憔悴瘦，风月愁迟。

余馨弄馥，疏叶藏梦，恋暗沉悲。满地飞、残颜故影，自忆柔姿。

献天寿·夜思

夜半秋寒孤影悲。暗自愁眉。欲追疏叶坠流溪。襟湿问荷池。

翠颜憔悴兰舟隐，不见归依。西风又待雪飘飞。望黄菊，梦归迟。

三字令·伤别

红脸颊，紫罗裳。换初妆。惊自恋，梦彷徉。想回眸，羞涩意，少年狂。

沉水袖，暗香藏。对流觞。千万语，坠迷乡。恨期时，归瞬去，别离伤。

山花子·江南水墨

迷渡摇船隐雨烟。小桥幻影雾空天。白鹤飘飞际边外，远山巅。

泼墨粉墙深院寂，莺鸣斜柳闹方轩。剪绿扑红双燕醉，水云宽。

庆金枝·痴语

不知何为痴。落花泣、絮飘时。扬飞千里觅寻处，际外惹芳菲。

云天望断相思雨，怕难理、怨愁悲。且教醉月念依偎。梦呓待还归。

朝中措·风荷

清香漫溢笑声遗。影倩秀柔姿。腮粉颊红裳薄，凌波微步娇痴。

拂吹浪细，露珠欲坠，绿翠矜持。盼切鹊桥飞渡，待迎仙子归期。

庆春时·踏青

晴阳踏远，寻春移径，嫩蕊羞含。幽兰玉润，冰肌露冷，孤影落尘凡。

飞丝风暖，天际云鹤空蓝。江潮渐漫，娇颜欲滴，人隐翠烟岚。

眼儿媚·春思

轻烟腾雾晓寒吹。露滴玉珠垂。艳桃枝润，海棠梢俏，柳细柔姿。

燕楼窗闭钩帘卷，漏却醉心痴。清眠五晓，沉酣一半，念约如期。

人月圆·谜影

疏黄沉靥秋风雨，晓拂露珠凝。桂香藏腻，榴花似火，善草飞生。

云裳天外，潮寒迷处，觅影难迎。对觞问醉，幽孤惊梦，残月凄清。

喜团圆·小年

南枝怒放，西窗剪影，古墨藏香。虬龙嫩蕊横斜乱，玉冰化霜凉。

风尘万里，倾愁千缕，归梦云乡。萼飘艳缀，恋思肠结，路远回忙。

武陵春·仙界迷踪

迷雾仙台峰叠隐，剑石入祥云。对面方知南北邻。鸟语乱思闻。

崖前断桥涧溪渡，回顾觅来痕。幻境飘飞暗自昏。归梦遇惊魂。

鬲溪梅令·忆

暮春未等落花怜。哭无言。恰似迷情双燕、别离难。泪珠飞雨寒。

满枝沾湿缀余残。醉魂还。料得年华归去、隐珊阑。梦回幽影缠。

伊州三台·秋寒

嫩黄金粟更阑。晓拂珠飞露寒。憔悴怕衣宽。月西斜、向沉玉轩。

念邀春影娇颜。再闹芳华几番。恋艳自归还。但闲愁、弄箫梦残。

双头莲令·欢聚

竞争风月惹芬芳。曼妙绮罗裳。华灯艳耀醉流光。媚眼对瑶觞。

粉胭淡抹玉娥妆。羞雁又矜庄。思乡别绪漫空扬。言细语飞忙。

月宫春·春老

围炉悴影夜风寒。移步又还难。念思落满皱纹斑。不觉梦轻酣。

瑶觞对饮杯何歇，长暗叹、瘦减衣宽。幽孤残月自休欢。痴恋忆春幡。

极相思·乱

并刀断水如无。溅起浪飞珠。凝丝千缕，乱麻郁结，待酒还沽。

难摘镜花空自问，想寸心、洁玉冰壶。念牵笃信，思量尽付，又怕都辜。

柳梢青·情寄

飞上梢枝，轻声问柳，梦里相知？双燕归来，呢喃细语，谁解说词。

料难肆意心辞。念眷恋、倾情梦思。望断西风，无边烟暮，误了如期。

太常引·谷雨

繁花幽谷雨声倾。吹下落英惊。漫绿渐梅青。正春涨、闻莺劝耕。

溪清土润，少晴迷雾，破晓乱鸡鸣。不觉岁峥嵘。渐黄昏、知期错迎。

少年游·桃花怨

湿襟珠露正花期。蛾黛挂头枝。引蜂招蝶，情思沐雨，瑰丽玉凝脂。

仲春月夜时艳落，烂漫舞纤姿。粉腮媚妆，羽飘轻浪，酣梦入泥痴。

惜春令·约

天际游飘鸿雁归。知双燕、梦里南飞。不识颜娇期对面，春暖惹芳菲。

志向还疑微。望南北、时错余晖。细浪芦花分道去，难约落愁悲。

孤馆深沉·问酒

灯花又照剪罗衫。宽损怕言谗。恨易老丰华，一去不归，还忘书函。

把酒问、玉宫琼宇，甚处觅瑶坛。楚腰细，似妆时艳，未逊姿媚柔纤。

促拍采桑子·归雁

思绪向无边。想回音、飞梦云天。潇湘谷壑，飘弦际外，萱草荒原。

但怕相逢珠泪满，影倚栏、残月风寒。孤荷望断，芙蓉几变，纤指难弹。

怨三三·虚空

秋波蹙皱弄横眉。魅影愁悲。径掩幽芳又犯疑。梦藏隐、一依迟。

颜娇易变狂痴。怕风冷、寒潮过时。鹤去又谁知。飘零飞绪，独自寻思。

导引·春思

抹妆眉淡，罗绮薄云裳。染紫绿飞扬。桃腮杏眼轻波漾，醉月满春江。

画檐归燕又成双。呓语落西窗。倾言难解愁肠结，乱绪自徜徉。

燕归梁·时归

海阔云天燕忘归。远山避安危。烟娥墨黛淡妆眉。藏怨意、落愁悲。

梦窗风漏，牵思缠结，檐语又还迟。休眠破茧蝶狂痴。望相会、恋逢时。

醉红妆 · 醉妆

腮红未减醉颜娇。绿风裳，舞凤韶。泼朱霞染彩云飘。遗馨暗，落魂销。

凌波谁把宝舟漂。绕香径，湿心潮。唤酒流觞残月悴，妆抹淡，问新桃。

入塞 · 立冬

冷香寒。木樨飘、漫夜阑。念相思梦醉，弄隐月孤残。言亦难。会亦难。

别辞芳华暗自烦。诉尽倾、霜落鬓鬟。清觞幽影恋春幡。蜂未还。蝶未还。

双雁儿 · 浮叶

轻飘一叶海风熙。向梦处、自狂痴。浪涛摧醒觉惊奇。问相思、恋未迟。

故盟鸥鹭旧相知。正妄想、念良时。粉朱桃靥漫梢枝。伴霜华、望夕霏。

恨来迟 · 归鸿

漾水云天，掩山烟霭，一线归鸿。想故旧沙洲，返青芦荡，似又重逢。

正唳嘹、谁诉苦情疯。载满千里尘风。料醉梦相思，觉来都笑，多付虚空。

献天寿令 · 生日快乐

翠玉清觞风物，流光艳耀金糕。矜言欢语赞轩骄。身健漂泳新潮。

尽享天伦多孙好，都富贵、晓觉树高。云裳娇娜乐逍遥。王母献寿蟠桃。

红罗袄 · 月背棉芽

嫩芽初露世，穹宇惹虚惊。料冷落生无，寒空寥寂，素宫幽极，尘梦闲庭。

把魔盒、藏掩灵精。花开漾靥沉星。浩瀚怕伶仃。想问醉、对酒不孤零。

荔子丹 · 春约

晓拂风寒抹淡妆。难把暗愁藏。念思离别未相约，知何日、对酒醉时狂。

嫣红翠绿染云裳。倩影漫芬芳。漾靥娇颜腮颊粉，恋尘痴、蝶梦流光。

临江仙 · 水溪花影

水溪轻泼声微颤，飞弹芊指香帘。绮罗珠滴湿襟沾。细丝扑面脉情含。

裤卷河床衫薄冷，捉鱼虾跳柔纤。斜姿夕柳艳羞涵。黄鹂欣唱暮归岚。

浪淘沙令 · 春眠

豪雨洗心尘。倾尽金樽。丁香花淹浊溪浑。翻看九霄飞燕去，不见回身。

晴处弄星辰。倩影销魂。寻踪追雾入云村。粉陌纵横迷惘醉，难醒沉昏。

金错刀·盟

鹭影飘，去来匆。欢姿疑故似相逢。斜阳雨霁垂虹落，晖照归帆隐碧空。

千里外，觅茏葱。瑶池云梦又思重。旧盟新约芬芳翠，穹宇幽游醉意浓。

恋绣衾·惊梦

小桥余影花自怜。但难觅、流水素湍。泪暗滴、相思字，待书笺、还怕渍残。

弥香幽径虚空外，漫调筝、愁曲乱弹。醉酒对、清觞尽，更羞藏、惊梦暑寒。

江月晃重山· 重重山

梅雨倾飞一夜，暑消寒扑惊晨。镜前花悴又眉颦。芳心碎，随泪滴轻尘。

醉梦遗香野墅，残吟飘漫荒村。湘灵何处觅愁魂。云天外，望断已黄昏。

南乡一剪梅·飘岸

山远入银屏。幻梦还疑泼墨兴。问得人家何处是，云里消凝。雾里消凝。

寻觅鹤声鸣。紫绿烟岚更觉惊。木叶飘零风愈劲，金屋霜凌。茅屋霜凌。

一七令·秋

秋。浅淡，深幽。沉梦怨，起闲愁。枫红又盛，木叶多休。绿荷时下落，银杏满笼收。馥郁难余旧物，暗香不数风流。飞珠弄潮雨飘寒，凝露心湿泪盈眸。

望远行·错

一念花红草外生。流觞沉梦闹三更。无心错解惹芳惊。荷塘声泣掩痴情。

相思意，与谁倾。结肠千缕怨愁声。幽飘风雨半檐听。虚空寥寂独孤零。

鹧鸪天·夜吟

娇颜欲谢桃眼盈。凝眸寻遍怕孤零。春来还在重逢处，残月清眠碎梦萦。

相思雨，露珠倾。漫飞艳落送魂英。木锄收起藏花冢，但教香泥掩魄惊。

瑞鹧鸪·春阴

雨阴何处掩风清。吹绽群芳妩媚生。羞萼粉珠休会意，馥馨娇艳梦还惊。

朱颜又转沉虚镜，露洒眉梢隐泪零。檐燕未言愁抵事，玉樽闲怨是余羹。

翻香令·梅雨

凝珠晨露又浮喧。倒倾夜雨小河翻。峰洪急，龙舟避，待竞争、苦水正淹滩。

木舢难驾驭驰湍。际边飞远浪涛掀。念来意，思归去，向天涯、还怕遇涡旋。

厅前柳 · 柳絮

暑炎更。凤眼老，颜娇悴，最难争。叶飞少荫疏怯，乱莺惊。望涯处，渐秋生。

但念远、金波云水外，寂寥栖蛰听无声。欲会登临意，怕冰凌。坠千缕，落飘零。

荷叶铺水面 · 残荷

枯荷醉洒，横塘十里残。飞花落叶漫云烟。夕阳照水岸，晚暮露凝浸骨寒。

遗馨忆旧颜。嫣红又别去，苦挽艳蕊回难。馥郁坠泥滩。梦泽觅幽香，藏碧湾。

家山好 · 寻

艳芳纤影向三清。思量意，道难行。云峰雾嶂余千尺，九霄层。觅寻遍，未闻声。

染尘愁梦楼空去，幻境坠虚惊。冰晶碧玉，风轻叠雪暗香迎。凝珠又醉生。

步虚子令·酒令

暗收阴雨露藏珠。归去未如初。万千阡陌，觅寻难认何书。不意会，却都辜。

忘题木叶云天外，风自泪，落花疏。际边草悴，拒霜黄菊余孤。醉令酒，问谁扶。

小重山·晚妆

霞抹青山又忘归。烟岚妆淡粉、艳腮眉。匆忙照镜映澄晖。漫绮锦、疑是见杨妃。

羞色逸飘飞。腾云仙女度、架虹霓。吟听天籁月斜西。向风挽、唱晚竞芳菲。

花上月令·春寒

晨寒侵梦晓风怜。怕花瘦，醉庭前。嫩芽才露云珠蕾，蕴娇颜。双燕剪，舞翩跹。

香萼欲开忧恐早，羞却落，又无眠。更愁粉蝶霓裳湿，见还难。雨痴泼，竹留斑。

恨春迟·怕早

正喜花开还怕早，多错过、痴梦颜娇。幻象觅孤馨，借镜寻虚影，雨珠坠云飘。

疑把流光牵缠住，粉靥漾、浪漫红桃。望处芳华翠减，香暗矜藏，难收疏剪并刀。

寿山曲·禅念

倾城国色娇艳，沉梦天香秀颜。涯际雁飞疑阵，无边云水轻烟。尘收日岁难驻，一掷芳华怨闲。

余醉觉来错解，流觞玉坠迷喧。漫飘万化孤绪，断却千丝独禅。

散天花·竞艳

飘绿飞花萼瓣娇。妆颜多雅致，最新潮。芬芳闲伴梦姝妖。相思谁意会、念天骄。

愁瘦丰腴弄窈娆。眸窥秋水暗，醉夭桃。他家别户竞招邀。更期扬絮漫、尽风骚。

一剪梅·葬花词

独自飘零落英惊。雨暮艳雪，风掩轻鸣。望穿空碧影无寻，花冢何虚，净土尘倾。

了却寸心化蝶翎。梦别娇痴，踪隐魂萦。泪珠暗自渍衫襟，孤燕归时，酹酒眸盈。

唐多令·愁云

天外漫愁云。狂风飞乱尘。似疯魔、着意弄昏浑。寰宇坠惊灾祸起，落无主、目失神。

何处不危濒。烽烟重混沦。欲囫吞、点火抽薪。恶战暗明随念处，霸王道、苦吟呻。

摊破采桑子·竞芳

破春疯染朱红紫，渐暖温凉。又竞芬芳。艳丽娇羞媚妩妆。也，啰，多自暗、袖藏香。

云裳漫过相思意，欲驻流光。唱晚横塘。伴月繁花缀粉墙。也，啰，多自暗、袖藏香。

系裙腰·梅恋

相思何处望归鸿。牵丝引、向虚空。凝眸长见疑云影，念巧又逢。更意会，寄情衷。

断肠缠结万般缕，谁能解、拂忧忡。彻吹玉笛几回落，破暖春风。不日千里，雨朦胧。

赞成功·望情

满盈泪瀑，梦碎痴狂。芳心揉皱醉觥觞。掩珠馨馥，藏暗余香。思量木叶，念待柔乡。

幻镜朱粉，眉黛羞妆。漫朱浮紫恨迷茫。有缘何事，翠玉云裳。际涯望断，尽付衷肠。

破阵子·少年中国

前路雪飘雨瀑，回眸万壑千沟。纵有冰刀飞浪涌，还看扬帆奇智谋。齐心与共筹。

是辈国中年少，朝阳照尽风流。洒血碧天存四海，抛泪江河润九州。宇穹同正求。

摊破南乡子·似水年华

想把你怀搂。却未知、意去还留。陌熟倩影重复梦，不能错过，曾经痕迹，爱恋如流。

离别借何由。念戏里、停格回头。远方怅恨沉忧怨，芳华未懂，一生磨琢，相守同舟。

别怨·别

回恋凝眸。正居无、曾住汀洲。醉欢残月夜，寒天晓籁碧空幽。念远归程又落愁。

饮恨清澄水，风霜冷、梦里惊休。芦花翠减，瑶池冰玉难留。满江云鹤舞，飘细雨、泪倾流。

献衷心·望荷

落潮池渐涨，尖露盘圆。匀绿翠，粉腮娴。沁蕊娇颜泼，收尽眉轩。相思意，多自会，水云边。

藏倩影，望翩跹。淡妆轻妩竞争妍。念拂馨香暗，闲袅钗环。莲蓬蕴，余子玉，醉红嫣。

黄钟乐·借西风

云裳飞绿染轻荷。珠露飘逸盘翠，潮水满池河。羞萼秀英思念意，嫣红娇艳恋婆娑。

还乘尘缘藏靥波。轻掩呢喃痴梦，收尽寸心多。谁借西风吹十里，漫过秋雨暗愁魔。

喝火令·迷寻

恨不如初见，愁难寄与言。落花飘絮坠风寒。星夜寂寥无极，晨晓月孤残。

遍觅藏香暗，迷寻独向阑。落尘休拂七弦弹。念把相思，尽付九崖巅。别处物馐何往，一去忘回还。

行香子·慕春

残夜清眠。寻梦还难。方回忆、却隐阑珊。淡妆粉黛，翠减娇颜。似仲秋觞，深秋水，暮秋寒。

东篱思慕，南山相望，奈霜飞、又去经年。杏黄金紫，云碧芳兰。叹月中仙，帘中影，镜中欢。

钿带长中调 · 小满惊

小满惊。嫩桃生。缀枝梢、系佩缨。抹紫匀红，泼墨斗兴。香囊暗做，念把端午迎。漾靥笑颜欢声。

自结流苏网细，方角菱形。画咸蛋、粽子彩绳。青梅竹马，聚齐约比争。一霎鬓白难更。

三莫子 · 寻梦

念梦回旧岁，留住春光。寻幻境，觅柔乡。但尝孤独味，自恋暗余香。想多少，辛酸事，絮飞扬。

收寒后院，凝冷西窗。惊手暖，怕茶凉。渍襟遗泪酒，残叶落星江。谁又在，云天外，抹羞妆。

于飞乐 · 梦江南

雨霁晴阳，晓风烟薄轻寒。枝梢嫩蕊春繁。露娇颜，飘艳丽，晕染云天。绿红飞剪，想林花、醉里归还。

径曲弥香，流光珠湿，羞颜粉紫娇妍。乱莺鸣，双燕闹，斜柳蛾鬟。氤氲山霭，江南梦、水荡波宽。

临江仙引·思苦

绪漫，念远，凄凉夜，独清眠。思量往昔恭虔。想日闲安易，怕知意疑难。茅庐雨透，室陋鄙粗，孤自御风寒。

东篱菊黄堪摘取，芙蓉半掩朱丹。恨梦惊方醒，奈残月星阑。兼程未必路短，激流遇巧江湍。

风入松·松风引

梢惊行隐满坡飞。涛涌腾摧。细针雨沐方兴舞，正酣醒、欲决雄雌。狂跃苍枝扑影，搅旋寒彻轰雷。

斗攻尤未尽声威。卷叶翻吹。挪推俯仰魁峨武，似千军、齐钺戎麾。万马长嘶鸣哮，朝阳照映交辉。

越溪春·英魂祭

寒食又临飞泪雨，山火卷忠魂。乍知平地无端事，急响应、奔救灾民。华俊争先，闻危向险，英勇雄军。

浓烟恶灭急焚。奋力扑焦勤。哪堪燃爆突变掩影，伤悲漫夺风吞。魂魄落尘藏木叶，余梦付乾坤。

长生乐·新中国七十华诞

漾荡金波素月明。中华庆新生。耀星光艳，万里聚贤英。跃马行车高铁，昼夜归迎。穿山入海，漫笑穹苍冷宫惊。

清觞溢满，故友新朋。沧桑复壮天更。全宙宇、一路带双赢。贸商休养多息，携手竞相争。

韵令·荷韵

鬓边颤袅，天际风荷。云飘恋梦多。朱红青涩，绿紫眉蛾。清凉润雨，飞浪婆娑。霓裳坠玉，十里漫千坡。

媚藏浅靥，艳漾星河。凝眸暗琢磨。细声娴雅，醉眼秋波。幽孤冷月，唤伴痴魔。远山愁怨，君与几时和。

凤楼春·风尘

昨日影遗空。虚镜迷蒙。问归鸿。几时书字渍留封。寻念恋，觅情衷。还把晓寒残月忆，醉梦漫朦胧。

更忧忡。难待重逢。别离长事，遇知回少，巧言思绪无穷。天远际边，云外芳草最痴疯。落红余叶，扬絮尘风。

一丛花·春信

嫩黄悄露树梢头。红浪欲飞流。微寒绿送东风去，漫葱郁、花径遐幽。红颊眉黛，粉腮山妩，矜艳暗回眸。

惹惊归雁际天悠。回燕识娇羞。千花竞色挑颜媚，向梅雨、烂泛兰舟。牡丹魁首，海棠迷影，菡萏倾收。

山亭柳·望梅

飘雨淙潺。絮冷坠风寒。柔细柳，渐疏残。绿草眉山翠减，拒霜菊老珠弹。碧宇横飞天际，北雁归欢。

紫金宫里寻宵锦，嫣红别第觅婵娟。凌霄梦，玉龙蟠。淡抹轻妆独傲，寿阳媚印娇妍。但问三更几度，吹彻还难。

金人捧露盘·上元春早

念晴阳。飘珠细，雨彷徉。渐水涨、润漫春江。氤氲雾霭，望林山、飞染抹羞妆。嫩芽初发，柳丝斜、绿翠奔忙。

江南梦，催眠晓，娇艳地，尽芬芳。泼墨黛、匀紫风裳。莺喧燕闹，问旧家、檐下有琼浆。玉兰梢缀，但恋思、元夜倾觞。

拂霓裳·早春

缀枝梢。染朱匀紫向云霄。思雨润，露珠倾泼漫空飘。风寒沉梦靥，破暖数春潮。望明朝。

恋群芳、浓淡黛妆娇。

嫣香豆蔻，恰妩媚、正妖娆。迷幻蝶，舞飞裳薄绮罗绡。落魂寻杏眼，冰玉醉红桃。惹风骚。想年华、应把艳痴邀。

新荷叶·心蓬

正午骄阳，碧荷十里连云。香湿风裳，珠飞圆翠芳尊。望中觅遍，念又远、野墅荒村。黑鸿嬉戏，掠波翻羽肥臀。

飘袅青烟，梦归还怕轻分。倩影幽游，黛眉金锁娇颦。羞姿舞媚，对流觞、溅渍遗痕。孤轮残月，七弦难拂微尘。

促拍满路花·梦花

笄年花娇艳，豆蔻媚凝华。胭脂愁腻问吴娃。千秋尘梦，笑靥落谁家。碧空疑望处，西子双燕玉环，醉里烟霞。

想春来怨时短，秋去恋清遐。风裳妆淡念轻奢。佳人未觉，残月挂梢斜。吹断西风尽，拒霜黄菊，接云芳草天涯。

五福降中天·霸天

想凄清风月，暑气不解嗟惊。云梦向天涯，昨日深盟。闻问岑山路陌，慢道踟蹰远行。结伴难寻，粉腮笑靥拟相迎。

颜娇突变，漫独傲、凶言霸横。杖阻刺神揉脖，尽弃前诚。危临噬血，毒汁欲侵朱紫更。妄念还休，但倾全力自重生。

江城梅花引·海南

椰林沙细舰船归。凤凰姿。淡妆眉。海角浪波，拍岸漫天涯。向问观音潮起落，道慈悲。菩提自悟璧晖。

铁龙一日绕环驰。念思时。多不迟。海湾漫浅，信诚笃、勿扰相痴。都说黎明，苏轼梦中回。望远三沙牵眷恋，捧珍魁。古今旧岁倚偎。

采桑子慢·立秋

层云漏雨，湿透十里清荷。未多问、圆盘珠露，满溢倾河。漾荡秋波。翠芳娇艳媚姣娥。

淡眉矜妩，风裳黛墨，水殿婆娑。

憔悴暑炎铅洗，星迷空碧无多。想虚幻、尘红花镜，却费琢磨。难寄谁何。念思不解病沉疴。绕萦天籁，与付旧曲，续断弦歌。

遥天奉翠华引・梦吟

醉沉情味馋。念痴倾、暗数春占。惊归弄错，重来欢郁还参。问樽前绿影，待几时、堪摘寄书函。觅遍虬枝，思量梦里呢喃。

孤寒月隐，想寂寥、幽独顾惭。点收旧言，都把尘落私凡。怕幻虚空境，对清觞、羞觉未深谙。迷雾烟岚。住流光、泪湿襟沾。

八六子・梅落

正鲜浓。醉颜迎暖，粉腮辞别归鸿。奈玉面渐凋悴去，艳雪飞英寒减，呢喃付与幽衷。

游离花径忧忡。芳信知期孤独，怨言错约重逢。记窈窕柔姿，凝冰丰满，傲霜芊指，暖月春葱。摧容貌、倩影芬芳幻梦，魂销丝雨迷蒙。坠云空。泥藏暗香印封。

夏云峰· 柳永

醉青楼。帝王准、白衣卿相名收。明主暂遗忧愤，紫府官休。宠娇三变，弦管悦、浅唱云游。情脉脉、长调破短，井水浮舟。

柳歌词韵难求。但谁忘、望远鸿雁封侯。羁旅隐淹巷陌，永字权谋。屯田何苦，年岁老、抵事幽愁。眷恋处、际天万里，今古风流。

塞翁吟·问荷

欲嫁春烟雨，落却十里风荷。恋归去，是灰鹅。醉梦一红诃。风裳缥缈凌波影，妆淡粉薄香罗。谁意会，坠横坡。挣痴又如何。

琢磨。想憔悴、娇颜翠减，方婀娜、乘时着魔。更思暗、风寒几度，算期约、日瘦衣宽，漫待蹉跎。闲愁昼永，泼墨丹青，还问仙娥。

意难忘·问秋

翠减风荷。满园幽游影，西子凌波。惊声鸥鹭语，捶鼓鸟飞歌。传杏眼、慕烟娥。睡莲醉青莎。念相思、回眸寻处，望断银河。

恋丝千缕遗多。漫涌微浪起，还费琢磨。轻吟悲怨隐，低泣恨如何。愁岁月、怅蹉跎。独自暗婆娑。怕年华、欣欢瞬眼，斗转星挪。

临江仙慢·春负

万里漫扬絮，怨情未冷，痴恋轻寒。问黄绿、疑留再约还难。阑珊。掩颜羞涩，芳华去，呓语谁言。春分几，尽把嫣红落，朱紫垂胭。

凋残。天涯际远，肠断云外飞烟。算相思、寻觅倩影魂牵。愁闲。暗香馨馥，都倾付，曲梦丝弦。惊年月，又幻沉狂醉，空想欣欢。

驻马听·问慧

待沐金光。梦丝锦、仙台幻觉空茫。檐飘峭壁，云翻珠雾，尘凡未许迷茫。世间忘。问慧根、色坠虚场。宽睿归来，怨思催渡，苦海彷徉。

低吟梵音暮晚，烛泪珠细柔肠。咫尺际涯龙隐，腾搅天苍。望断烟岚翠幕，还听千里西江。正拍岸，浪卷涛狂，飞扑炎炀。

雪梅香 · 还梦

梦惊觉，沉虚幻境碎心寒。想银河曾渡，千丝错挂悬湍。飘落渊深觅灯火，影消无极隐阑珊。相思意，漫弥空蒙，遍野荒原。

言欢。绮罗逸，媚妩颜娇，靥漾眉轩。谁醉楼台，暗香袖引牵难。何处尘红最可寄，别庐幽谷未藏鞍。归时瞬，只恐还孤，更怕离单。

水调歌头 · 醉月

长醉对羞月，弄影闹云天。未如霄汉今夜，欢悦有余年。念向三秋遗去。却怕花飞别宇。金粟半霜寒。镜幻隐娇媚，飘渡寂寥间。

觅痴妒，寻梦泽，假沉眠。不期错约，愁意难会暗离圆。星漾清波烟合。绚烂阑珊无缺。旧故恨求全。望断思凝伫，余恋独幽娟。

满庭芳 · 梅惘

残月霜寒，晓晨风冷，玉龙吹皱清觞。落红轻簌，沉寂掩迷茫。抛却相思意绪，算难忘、都负心伤。遗多少，鲛绡泪渍，缀萼露冰凉。

恓惶。娇艳悴，昏匀墨黛，羞画眉妆。念雪笼熏醉，金屋柔乡。惊觉牵魂幻梦，翠禽泣、娉袅云裳。春还妒，闲愁待去，疑把暗香藏。

白雪 · 苦旅

轻寒躁动，天际远、嫣红万里飘飞。初露嫩芽，抛珠沐雨，朱颜染遍芬菲。北南枝。渐丰满、绿瘦花肥。正繁茂、杏娇桃艳，醉态尽争魁。

骚客未遇赋才，胭脂水泼，玉冰肌。叹黛墨丹青少，蜂蝶梦狂痴。谁意会、漫飘双鬓，艳雪幻霜梨。木樨黄菊，风荷又妒归迟。

汉宫春 · 燕归

春燕回时，正娇颜旧识，嘈杂厅堂。雕檐棚竹，故巢重筑分忙。互商密议，又呢喃、些许徜徉。愁怨忍、成双蜜意，欣欢还觅柔乡。

裁剪飞花枝艳，馥馨遗梦醉，染尽芬芳。风轻雾迷雨瀑，去远游忘。兴赏绚烂，算年过、换了新章。堪忆记、金边细柳，野村方抹浓妆。

行香子慢·幻

踏浪凌波。碧空天际边，珠细风和。佳人归处幻，娴雅磨跎。朱红粉、眉黛闲窕，欢靥星坠银河。涛卷涌、落艳矜奢，向远漫烟娥。

倾荷。魅影迁挪。算妆淡素颜，娇媚婆娑。风华未去，瘦姿绮丝罗。香余韵、芳草馨馥，骚客吟雅藏多。飘絮朝云，秋千漾荡，惊梦东坡。

庆千秋·玉兔探月

幻梦千年，想霜娥倩影，素镜幽魂。寒宫寂冷，烟袅欲拜香熏。虚空夜、桂子浮飘，愁女眉颦。未觉宇琼还直面，飞登期有天门。

一缕牵思寻索，念问伊圆缺，箭送星巡。闲庭秀灵玉兔，轻解疑云。凝潮汐、力引微波，难起风尘。遗百孔、余灰烬灭，廓寥陨石余痕。

八声甘州·知期

漫疾风吹皱醉沧桑，憔悴满腮帮。记风华岁月，碧天沟壑，鬓发云霜。曾笑星辰易老，颓废度流光。未顾存私念，拼命奔忙。

谁把清溪浑搅，引愁眉多少，疑惑迷惶。夜残凝思雾，起落坠彷徉。怅苦短、青山又翠，望燕归、欣慰九回肠。芬芳艳、斜阳情惜，笃爱珍藏。

凤凰台上忆吹箫·邀酒

又一新轮，摘星望月，开篇舞墨宏图。正盼切、知期奋进，寓意如初。付与九州清澈，漫碧空、缀满琼珠。念年岁，丰足富裕，国泰回苏。

沉刀剔除贪腐，行法治，养廉晶玉冰壶。记民托、恭勤事苦，莫待荒疏。民主文明美丽，把棚户、巧弄妆梳。再樽举，还酹五岳无辜。

夜合花·秋

花径幽深，庭园寂静，桂香馨暗沉迷。初凝细露，黄菊缀满东篱。木叶落，拒霜菲。正萧瑟、难觅柔姿。晓寒凉暮，露珠漾荡，檐雨颦眉。

轻扬云絮飘飞。万里风沙绿草，何处回归。花残月雪，雁孤空碧愁悲。问野墅，可依偎。漫荒原、更未知谁。醉酣沉梦，清眠幻觉，秋水狂痴。

庆清朝·迷情

醉梦欢情，沉迷笑靥，不知虚镜狂痴。娇颜几度，红尘何处相思。落尽繁华多去，眸回寻觅想应迟。因缘此，岁时易老，诺信难疑。

孤影清觞残月，但寸心无改，鬓白淹悲。孤零向晚，香径幽曲惊魁。恋问余红飞蝶，露珠又满缀梢枝。谁还误，做春留住，幻觉依归。

瑶台第一层·梦荷

难掩芳颜，多损减、流光恨露飞。染朱匀粉，和风揉拂，春到蔷薇。竞争魁首尽，想又枉、黛媚妆迟。相思意，念情倾辜负，付与痴悲。

颦眉。东君无力，落英漫絮不堪追。暗香梁绕，藏馨云阁，燕子空闺。恋风裳绿翠，正约待、晓梦清池。不时窥。看嫣红娇艳，丽紫柔姿。

松梢月 · 忆

七巷三坊。迷寻醉梦幻，墙隐高窗。岩径遗迹，天漏雨滴悲怆。万里烟消传声泣，见炮舰、噬血惊惶。戟盾无奈，愁虚发，土枪坠空狂。

两江都望远，仕进人杰俊，谋事流芳。浪海功就，夷际一带船商。秘宝绸丝淹魂魄，恨苦短、几世飞黄。夜静谁问，多归去，对霞觞。

玉簟凉 · 梅愁

秋立心愁。想古墨翠枝，紫艳梢头。寒肌冰玉质，冷目傲孤幽。凌霜能漫几度，更别念、浊世沉浮。多少事，付与繁华去，痴梦难留。

风流。芬芳瘦减，骚客醉醒，飘絮向远藏收。珠英拼一掷，萼瓣自轻揉。东君点绿泼黛，笛咽彻、粉面妆休。思恋处，但向谁、还寄残惆。

雨中花慢 · 孤绪

愁把相思空载，落絮扬花，木叶穷秋。又怕翠颜憔悴，粉艳红流。春意消融，娥妆损减，眉黛颦收。算万缕怨结，牵丝绝断，未语归休。

膏铅冷露，侵肌寒雨，浊酒欲对还进。重遇错、恋缠冰玉，暗自凝眸。离别年多独苦，难回旧故怊惆。落馨残馥，漫游孤绪，隐没穷幽。

万年欢·梦

梦醉芬芳。任珠飞扬絮，露住流光。落叶无题，千丝缠结飘霜。念把相思揉进，情深处、几缕馨香。凝眸外、绿紫云裳，粉腮笑靥羞妆。

痴狂暗自坠昧，算际边难逢，咫尺长望。怕问闲愁还别，烟阁休凉。不负天荒老意，尽付与、倾恋衷肠。岑山远、风雨茅庐，烟雾寻尝。

燕春台·待

魅影虚踪，靥波魔镜，絮飞艳落寒秋。魄掩魂藏，馥泥和泪惊收。问君不见蜂愁。觅芬芳、蝶梦庄周。野荒村墅，小家碧玉，寻未方休。

东篱黄菊，水岸芙蓉，谷深径曲，醉眼迷幽。邀期付与，余馨暗结香丘。双燕回时，念挂牵、痴载兰舟。望沉眸。思破春待暖，残月还羞。

芰荷香·秋思

水云翻。想东君万里，绿紫花繁。绽开羞蕊，润玉细雨霖涟。斜飞杏眼，柳丝倾、漾靥桃颜。梅子又落金盘。天香国色，醉慕幽兰。

吹尽风裳碧空阔，映清池迷镜，红隐摇船。恨波无力，眉黛几点脂胭。念牵黄菊，问芙蓉、谁伴归还。秋寒草外天宽。尘埃几度，梦里痴缠。

扬州慢·惊荷

醉眼回眸，沉言不语，狂风又惹愁闲。想飞珠泻露，怕池泛回湍。更船小、盘圆何渡，流溪潮满，水瀑难安。便惊荷、淡妆颜湿，摇曳连轩。

红嫣十里，隐云天、烟漫余澜。怕矜负雍容，倾揉艳态，吹老疑残。但恋浸星深处，思量忆、归港幽湾。算雨飘波荡，尽收玉子秋寒。

舞杨花·尘烟

拒霜半老秋光漾，油纸雨巷风寒。梦里丁香，痴语恨悲酸。未言憔悴掩凄楚，望长门、素月归难。风烛玉泪羞颜。溅竹凝露遗斑。

千里昭君暗忆，念江南红豆，幽佩金兰。西子淡妆，香腻水波弹。吴宫错赏越王胆，把流觞、蒙醉云轩。愁怨杏眼应还。旧事多少尘烟。

云仙引·春暮

泼雨繁花，收珠沐蕾，流觞梦里春光。相思意，又多伤。天香尽争国色，馥郁淹馨遗淡妆。魁首艳娇，粉腮紫颊，还惹芬芳。

痴蜂狂敲西窗。更谁会、疑肠千缕藏。暗自情钟，独孤愁负，抵事惊惶。瑶蕊荒难，岁华算老，露泻飘飞寒暑凉。晓风轻拂，际边空阔，碧玉云裳。

夏日燕黉堂·望夏

望天长。正风和碧落，霁雨晴阳。梅子脆好，拂柳绿斜扬。氤氲烟外芬芳翠，漫思量、粉艳休妆。想盘圆飞露，云裳飘染，梦泽香藏。

欢欲驻流光。恋繁华盛茂，瑶月荣昌。银河白练，星浸掩池塘。难消残晓清眠夜，念孤零、凄悄冰凉。算紫朱十里，嫣红腮颊，郁结愁肠。

梦扬州·劝秋

梦愁归。怕露霜飞鬓，孤自衔悲。粉黛渐消，欲抹微妆庞眉。岁华难劝琼花泪，怅又秋、飘絮烟姿。游幽径，馨香遗处，泣声淹抑轻辞。

花冢离殇别迟。邀酒对流觞，夜月残时。度几暑寒，但听呢喃如痴。落檐细语谁知解，谢燕商、明载还栖。千万意，轻扬萼碎，都付余泥。

声声慢·春问

破暖催醒，清寒雨细，枝梢吹绿风轻。梦里东君欣喜，婀娜怜矜。杏眼桃颜魁首，数艳芳、骚雅情倾。怕去雁、漏传相思语，又闹虚惊。

遍寻流莺岸柳，更痴恋、潇湘问醉娥英。蝶化逐红追浪，泪点眸凝。珠飞腮沾粉湿，寸心揉、收尽香馨。惜来岁、鬓飘霜花白，晓月牵萦。

紫玉箫·走秀

朱紫云飘，鲛绡霞抹，万千丝缕飞虹。羞晕泛起，漫际天藏绣，霄九惊鸿。冷韵矜爽，微步慢、鹤态雍容。芳华倩，娇颜又回，笑靥归蒙。

欣欢幻梦年少，银汉渡轻盈，美艳嫣红。寒宫阙里，想瑶台、谁遇又见相逢。玉珠迷坠，方欲醉、对酒深衷。流光短，多恨别离，一瞬还匆。

金菊对芙蓉·牡丹

十里春风，纤尘飞浪，望溪幽曲流红。正垂金丝缕，绿翠飘蓬。杏颜桃面沉痴梦，方雨霁、梅子昏瞢。呢喃双燕，烦言惊蛰，还弄清丰。

富贵尽叙情衷。忆对眸欢筵，媚掩觞中。恋柔腴华显，艳态优隆。竞芳国色知如许，怕瞬去、醉抹妆浓。堪休瘦减，愁吹还皱，为甚相逢。

十月桃·秋艳

风裳蝶舞，看枝梢翠绿，满树金黄。景秀云山，泼洒淡抹浓妆。轻扬漫弥飞絮，忙醉染、飘色迷茫。芙蓉幻影，菊月东篱，丹桂幽香。

忆故临高望秋光。想社戏寻亲，梦里思乡。泪渍相闻，寄笺书字祯祥。三千日暮归晚，芳草尽、还弃愁肠。霞烧紫焰，满地银杏，对饮澄觞。

蜀溪春·石榴

得占庭前，倚园柴篱，蜂蝶风骚。花簇嫣妍，物华琼蕊，飘缀满树枝梢。沉甸飘佳果，朱颊粉、丰润藏娇。恋老馋，收豢腴，水嫩脆皮袍。

蜗巢透亮绛紫，莹净碎晶玉，红宝囊雕。欲纵珍馐，蕴含千子，襟湿漫飞天瓢。深漾星靥笑，风裳绿、吹雨姿摇。碧潋荡，秋淡妆，笑楚腰。

新雁过妆楼·梅落

孤傲风寒。南枝落、寄谁满树香残。黛眉慵妆，斜月晓漫蝉嫣。幻镜愁闲空梦蝶，虚花怨隐醉红胭。问樽前。乱蜂未去，何事翩跹。

但知恋痴媚影，恨断肠念挂，回望流连。是春又妒，吹惊笛彻云天。东君催染蕾紫，把傅粉妖娇藏翠颜。霜凌尽，惜忘相思雨，都付如烟。

国香·觞梦

恋念清香。暗藏相思意，梦里柔乡。隐踪觅寻何处，径曲幽芳。翠羽呢喃欢悦，惜醉醒、疏影迷茫。南枝缀琼蕊，半竹依偎，飞雪笼霜。

风寒珠玉露，问归期未过，还待潇湘。东篱惊别，龙笛又彻荒凉。烛泪孤垂时碎，但馨余、遗坠流光。缠丝怕郁结，落艳愁浓，素月羞妆。

芳草·秋望

晒秋寒，珠飞露洗，罗衫袖冷风霜。清眠更漏尽，晓晨残月隐，恋柔乡。嫣红飘影幻，染流光、霄九空茫。虚境怅、何时旧梦，误入迷茫。

荷裳。娇颜朱易减，怕嗔妒、假意真藏。玉觞收泪浊，冰壶还酒暖，浪泛清江。愁肠千缕断，算诸葛、难度悲凉。想日远、层楼望处，应抹娥妆。

高阳台·望春

北国冰雕，晶莹俊巧，聚光灯影飞虹。绒雪浮漂，掩侵万里倾封。梅开笑脸恭迎送，正寒冷、惊艳朱红。映隆冬。玉琢花颜，冷媚羞容。

风霜劲扫尘嚣卷，漫空天烟薄，雾锁江蒙。问浪声涛，猜谁欲访吴淞。方才入府应依旧，雁归来、原是遵鸿。勿心匆。细柳枝扬，待望春融。

木兰花慢·南山梦

把篱笆片竹，围翠绿、赏嫣红。对朝起云霞，晚钟归暮，自换茶盅。青峰。弄琴箫鼓，想渊明采菊隐庐中。都付云香烟袅，往来乐喜庄农。

追穷。空碧寒风。曾去远、念重逢。怅味尘、漫卷清凉意绪，浅薄何从。愁慵。怨尤还怕，渐喧嚣夜籁别离匆。市闹淹声藏影，醉迷都道癫疯。

彩云归·暮春

流光坠影梦云裳。正匀朱、翠染新妆。偎缀梢艳隐容颜粉，应怕妒、放蕊羞藏。绕村墅、蝶蜂痴扑，酿芬芳玉浆。但不恨、竞魁争首，与付愁肠。

清凉。难牵念恋，想繁华、易去彷徉。雀禽闹乱，莺醉声咽，泣掩余香。引蛰鸣、扬花万里，落尽春老迷茫。闻梅子，还把相思意绪沉觞。

锦堂春慢·望南海

涯际天边，尘风境远，千帆竞过争归。南海波涛浪卷，拍岸惊雷。久伫孤凝望断，独念残迹留疑。想和风迤逦，雨霁骄阳，腾跃神驰。

但有鹰舰缠闹，怅幽游几日，驱曳漂离。筑岛荒礁磐石，掎角相依。不忘侵欺孱弱，记梦噩、曾陷民饥。故域疆隅谁弃，早念重兴，待复期时。

月当厅·小面

小面水浅藏情意，星空夜半，云碧倾心。背影饿疲，方下扑火更深。乡弟几声感动，大哥劳、尽用免收金。恋谁把，红尘多会，念浊清吟。

醇温厚暖沉痴醉，算朋亲、但如应想行寻。出警晚归，锅碗度曲新音。珠泼湿襟守宁静，露飞灰烬护琼簪。迷月靥，微波漾，柳掩一庭荫。

寿楼春·祭

流年回秋寒。向苍穹化梦，抛泪倾弹。欲抹潇湘斑竹，问安多难。尘事尽、斜阳还。望远山、云飞灵幡。想白烛烟缠，留遗恨去，残月夜阑珊。

离魂别，无常鞍。怕亲情弃舍，回顾心酸。少力医休沉苦，泣声嚣喧。来世盼，凝思牵。怕奈河、桥浮时迁。寄钱纸银圆，幽飘碧空天际边。

秋色横空·秀

摇曳笙歌。彩灯明暗处，碎步轻挪。雍容媚妩衣宽瘦，柔姿曼妙婆娑。妖娆竞，喜自多。叹粉艳、逍遥如梦荷。翠绿风裳皱起，微浪玉波。

移影醉思琢磨。恋迷人间美，锦缎青罗。寸金尽掷春光漏，倾诉岁月蹉跎。芳华去，更奈何。怕易老、斜阳都付魔。趁酒煮流光，邀约素娥。

庆春宫·白玉兰

银盏倾寒，霜云笼雪，玉亭几度惊鹤。烟雨飞迷，琼珠飘蕊，冷香遗落瑶阁。惹风裳泼，却都怨、勾檐画角。层楼晚暮，引照斜阳，倩影交爵。

忘回残月襟分，藏露凝脂，隐馨冰萼。孤艳矜怜，素娇春妒，难诺狂痴情薄。坠时谁悯，怕又是、东君最恶。莹晶满地，揉碎流年，梦期未约。

王沂孙《庆春宫·明玉擎金》体，仄韵。

忆旧游·醉游

忆榕须微拂，木叶轻霜，幻影虚飘。南山迷寻隐，北国飞絮漫，梦里风骚。千丝万缕缠绕，肠断累心焦。怅冰玉凉吹，星光冷浸，云火难消。

世寒潮。问西子，翠减绿风裳，花落谁憔。多曲幽游径，几坊清池晓，银树灯宵。两江俊杰回望，都付水烟烧。想远海归帆，寿山朱印还未雕。

昼锦堂·寻

众里痴寻，千般乞觅，不见真貌娇颜。望远岑山妆淡，掩影眉轩。银河飞瀑云水荡，际天遗梦坠涯边。虚空寂，乍摘镜花，闲愁寄向余难。

衣宽。星宿隐，藏怨恨，晓晨残月孤寒。泪雨无言檐外，尽负幽兰。纷繁绿翠芳菲尽，漫朱粉艳几时还。思量处，谁把腮红匀染，风泣声咽。

恋芳春慢·桂隐

香溢珠英，醉馨幻梦，曲幽花径迷寻。恋念狂痴，绮锦雾袖楼林。觅遍离骚倩影，叹客忘、第一清吟。揉玉碎、慢舞飞黄，满宇弥漫尘金。

巫山别绪，暮云泪雨，言藏宿怨，悲悯愁心。但不情知，对酒尽悦栖禽。更愿相思未醒，惜时瞬、鸣和箫琴。牵残月、难住勾魂素娥，斜照帘侵。

湘春夜月·英落

漫飘时，最难离别春宵。瘦减姹紫怜悲，红糁下枝梢。念眷野村寥寂，怕野村莺闹，未解江潮。小院茵草绿，柔姿媚妩，谁记颜娇。

秋千不荡，珠英慢落，飞泪倾抛。暗自收香，还恋蝶、湿襟朱染，腮粉羞桃。藏馨掩艳，约岁来、重付华韶。且一掷，把牵思梦呓、倾情醉注，都向娥姣。

长相思慢 · 问词

碧宇瑶台，幽林楼阁，香袅天际高虚。风寒野啸叶落，流红遗字，雁阵云书。碎玉冰壶。念轻吟风雅，唱晚清誉。未问修途。惜风华、去日空无。

想霄九狂疯，梦里迷寻蝶幻，呓语如初。孤残夜月，独对澄觞，淬镜惊余。劳烦自苦，怕疑迟、慵懒荒疏。怅来年、花信难寄，何时动挖春锄。

安平乐慢 · 寒潮

十载流光，霎时碎落，瑶觞望月难邀。朦胧恋念，苦费量思，惊起醉梦喧嚣。晚暮斜阳，叹火烧云焰，泪湿霞绡。翠减露寒潮。枫红木叶纷凋。

想绿染霓裳，粉颜眉黛，倾付丰茂天骄。谁把朱柯闹，半羞掩影惹风骚。婀娜柔姿，都未悔、肥衣瘦腰。但芳菲、馨香易损，飘零孤自心憔。

望南云慢·悼金庸

北国云低，白雪凭空弥，神笛飞天。江湖烛泪，侠骨恩怨挽，龙倚流连。迷鹿床欢宴，惜岛小、风霜御寒。射雕书剑，玉枕鸳衾，绝壁归难。

弓弹。大漠烟岚，南疆姹紫，嫣红掩翠金銮。襄阳梦碎，叹谁寄桃花，独苦心兰。碧血飘锋刃，溅浪花、雄枭傲巅。醉登无极，笑会湘灵，毅魄应还。

双声子·梦稼轩

九天豪俊，碧空归雁，江岸催浪流漂。灵山遗迹，稼轩余韵，缰扣勒马重霄。向带湖觅望，藏隐处、心悴魂憔。长门外，怅春早，愁思君怕还朝。

赖瓢泉，宏论千万策，潮珠弄湿飞绡。清觞沉梦，晨寒何觉，呢喃燕雀尘劳。恨残留旧古，都付与、烽火云烧。偏安后首凝眸，独忧会约风骚。

绕池游慢·花繁

新枝嫩蕾，正红颜掩隐，绿翠娇藏。乘嫁东风都喜乐，云烟霭、潮雾淹江。想水天涯际，飘萼瓣、载梦风裳。花开怨早，相识恨晚，晓月惊凉。

寒雨穷阴未霁，时下落英瘦，纷乱羞妆。欲把樽前都梦醉，怕又见、珠玉流觞。望断山外远，漫相思、寻遍迷茫。抹黛粉腮，匀朱眉细，繁茂柔乡。

霜花腴·重阳

露凝雨霁，早暮寒，飞飘木叶迷黄。坡谷枫红，远山青翠，林岚絮落轻扬。艳娇卸妆。正草丰、时又重阳。望天涯、黛色无边，茱萸玉淑椒芳。

何处问寻陈酿，数牵思旧曲，恋想柔乡。馨馥归根，风流余韵，幽娴幻影香藏。梦回蝶庄。怅念痴、翩舞轻狂。待期邀、竹马青梅，涕零倾羽觞。

春从天上来·寒露

吹逼凄寒。念露坠风荷，轻舞凋残。空净云碧，妆淡眉轩。吹絮木叶尘翻。想穷秋社戏，恰金粟、暗透银笺。字还遗，正蜂飞闹舞，蝶误层峦。

南来雁归双燕，碎语绕雕檐，商去沉欢。红豆相思，流溪漂泊，憔悴更妒春喧。问清幽凉月，何处去、魅影阑珊。待斑兰。看弯钩树挂，斜照危栏。

爱月夜眠迟慢·武痴

误入江湖，错把刀刃舞，飘露飞珠。剑锋恩怨，呢喃梦语，灯花未剪长嘘。南归大雁惊寒，北藏云豹安驴。断牵思、结千愁，侠义相报恩初。

鸿鹄望远迷途，叹觥觞幻影，碎玉幽墟。黑龙虚掌，夜幕五毒，双燕隐谷茅庐。垂青浴血年华，流芳后事难书。怕回眸、漫腥雨，岁月烛泪何余。

合欢带·江南梦

嫣红氲、雾霭藏馨。远山黛、淡妆轻。着色飞珠云水际，隐墙灰、绿紫丹青。凌波翡翠，虚空雨幕，气意升腾。恋相思、梦里烟霞幻景，纡绕缠萦。

丁香桃靥，溪涧流觞，苍苔遗露繁生。数尽闲愁千万缕，竞芳魁、榜首还争。孤花萼怕，残遗遭妒，英老魂惊。念年来、又嫁春风，柳斜阡陌闻莺。

赏南枝·寒枝

幻虚楼阁近，梦中镜宇远，露冷秋回。木叶野飞黄，怅翘首、夕去长望余晖。天际外、寸草菲。但菊盛、劲风闹吹。拒霜半妆不念，问向有慈眉。

珠英欲挂梢枝。暗香馨泻，捧星醉花痴。绚丽借春来，芬芳竞、舞咏弄乱柔姿。惊意会、疑又迟。怕破暖、冰凌别辞。想梅萼风裳湿，恋思自相知。

夜飞鹊慢 · 花痴

樽前问天籁，依有重徽。胡笳奏乱歌吹。刘郎今度又迷惘，人间不似瑶池。流觞未沉醉，酌商还可为，尘事颦眉。痴狂无意，但思量、暗自愁悲。

村墅野花愚钝，妆淡坠风轻，梦醒还迟。笑语幽深帷幕，晴阳漫理，阴雨何知。飞珠襟湿，怕笺书、遗渍封时。算颜娇桃靥、都匀粉面，难缀梢枝。

望海潮 · 西子潮

头香灵隐，千年古刹，飘来济世临安。红糁落江，塘深水冷，朱楼哭笑寒蝉。残雪断桥延。看飞浪潮涌，横扫风湾。激水层翻，雾花喷溅湿襟冠。

风寒十里涛澜。引银波荡漾，鱼跃惊湍。堤细郁长，西溪勿扰，人涌苑外边栏。龙井漫清泉。望锦云霞紫，烟霭婉婵。珠翡三潭月影，莺柳玉丝弹。

飞雪满群山·秋绪

幽谷余馨，流溪漂叶，字痕欲洗秋寒。菊黄疯染，枫红轻点，翠减荷悴更阑。望荒疏村野，正鸿雁、飘峰壑峦。柳残无语，杨花寻遍，飞舞尽余欢。

忧又忘、嫣然遗姹紫，梦醒惊飞絮，故里回难。断肠寸细，倾愁千缕，问蝉咽泣声冤。想天香馨切，怕还瘦、罗衫渐宽。桂香消散，梢枝玉萼初试鬟。

泛青苔·花事

艳雪垂英。细雨泪珠飞，梦里魂惊。幽游径，断桥隐，氲氤幕，尽掩遗馨。瑶觞未醉思相近，恋翠禽、魅影牵萦。觉来还似，坠幻镜，微寒冷傲城倾。

愁忧满载飘零。怕低吟咽泣，呓语孤鸣。风凛冽，靥腮冻，绮襟湿，杏眼忪惺。天涯草绿寻何处，想叶题、意会还生。渔歌唱晚，问送雁峰回，几遇湘灵。

一萼红·春梦

到江南。正长风万里，吹乱一春岚。黄雀啼鸣，金鸡报晓，山远雾罩云潭。过惊蛰、棠枝初见，近黄昏、双燕闹栊帘。雨霁梨霜，露珠桃艳，云碧空蓝。

垂柳缠丝杏眼，望潇湘泪竹，星浸襟沾。夜月收寒，晴阳送暖，玉腰国色柔纤。想瑶颜、芙蓉戏水，怕翠减、还被落英淹。恨却清眠醉梦，复又沉酣。

过秦楼·嫁春风

欲嫁春风，流漂秋水，叶黄纷落清溪。夜月蝉鸣细，竹影舞柔姿，蝶浪梢枝。尽梦吃争魁。奈谁知、错入荷池。恋香蒲倾泻，云烟边际，何处怜悲。

伴夏飞絮少、驰云满，想花繁侈靡，轻掩愁思。知苦莲蓬醉，浸冰壶露璀，玉沐霞晖。寒半骨惊凉，忆虬枝、几弄情痴。怕风寒斗艳，珠雨淋涟，温暖迟吹。

高山流水·雨漏

破檐坠雨听秋风。把牵思、都付茏葱。酣酒醉东篱，低声又问飞鸿。云霞外、那抹嫣红。方才见，何处临高向远，对镜梳栊。看花前后照，泼粉淡妆浓。

园中。群芳妒孤艳，沉魅影、掩隐倾宫。寻觅问踪迷，错认褐紫香茸。恰娇颜、造化春工。想茅屋，寒谷柴门室陋，未响初钟。梦牵残月，念谁醒、更愁慵。

透碧霄·呓梦

忆相逢。昔时年少又迷蒙。野藏戏闹，翻天胡搅，乱捣龙宫。芳华金翠，馨纯漫烂，翘盼飞鸿。想时来、待决雌雄。看飞觞良逸，琼惊珠玉，励尽争风。

惜无边夜苦，狂痴迟醒，好却未癫疯。漫鬓霜、心思意，遗落有几虚空。怅愁唱晚，知期一瞬，长念吉隆。恋再登、还望冰峰。恋木樨香暗，寒露魂牵，梦引秋虹。

沁园春·高铁

驰骋千龙，疾风万里，晨去暮归。看西东横纵，北南疏跃，鸿牵落燕，兔伴徒龟。水远云崖，路遥峦细，凭地飞腾练白骑。迎朝日，穿碧霄银汉，惊叹神奇。

“病夫”吐气扬眉。正初始、复兴犹未迟。想民亲康健，九州强盛，恋思珠岛，念眷云栖。坡慢花繁，蝶迷蜂簇，欲与时潮争首魁。岁月急，且出新还超，梦醒雄狮。

紫萸香慢·春分惊雷

响雷惊、春分倾雨，溢馨送粉微寒。想娇颜妆淡，缀梢艳，满枝繁。雹霰冰晶何处，向云天飘洒，坐地飞翻。把相思、注入嫩蕊绽花开，恰露润、怒争竞妍。

莺喧。旧燕无言。笺语呓、不遗难。想珠帘寂静，弦吟咽泣，愁念幽烟。漫香卷丝熏透，算多是、自堪怜。恋芳华、未收丰茂，更休残说，虚镜星鬓应闲。沉醉梦还。

送征衣·郑和归梦

念征帆。云飞万里，波浪千霜，好望幽角向南。问言语、载书函。柔谦。把仪礼、威宣四宇，引震惊瞻。渐乐喜、商通贸易，更平待、发遥缄。漫途归、瓷器丝绸，还宝玉红蓝。

涛细晴阳风起，怅暮晚、怕烟岚。天翻水淹雾挡，海盗痷婪。难堪。辞苦去、流觞欢唱，收尽奇谈。土布象牙擂手鼓，赏银环、品甜甘。想来回、货物轮船，情倾捻虬髯。

春雪间早梅·秋愁

秋黄一夜疏。柳絮正懒漫扬书。呓语相商双归燕，无言未理蝶离孤。云裳飘飞雨泼，半袖掩隐遮糊。簪玉垂斑鬓，轻霜菊醑沽。南回雁阵天际外，几字意如初。

残月清眠羞驻，鸿踪魅影，不见怅还辜。良宵肠断收浊泪，晓觉晚唱引歌珠。泣苦无题木叶，粘拼破碎冰壶。丰华辞岁去，错依尘漫醉欢余。远山渐没湘灵笛，牵来梦自娱。

翠羽吟·望

问素娥。镜未磨。重霭蔽金波。夜黑影残，玉珠初结隐差讹。月孤幽宫观宇，星暗寒渡银河。想岁更、桂香馨送，留遗曲径林坡。

藏匿花蕾奈如何。黄淹霜染，翠损风荷。觅遍层楼木叶，题字错解，呢喃还又颇。鬓飞露白秋深，艳去夕落春过。缀满枝梢处，才眷恋、羞涩凡柯。几度尘红掩蓑。待期明日恨蹉跎。相思意老，客栈归难，蝶化梦多。

六州·高中毕业四十年

年已过，四十已轻飞。骑竹马，青梅老，又见鬓霜时。风齿漏、语细听迟。垂耳还唤使，好事应知。念谆挚、谁忘恩慈。高友是严师。天河汉楚，星云璀璨，清眠呓梦，豪语未言痴。

平房雨，课桌湿透封皮。钉划破，百家裤，缝补犯愁眉。夹生熟、野外烟炊。泪盈吹。碎花布袄憨嬉。真儿戏，有几猜疑。岁华直轻辞。凝眸扶握，柔怀拥别，同窗影去，但望再重迷。

多丽·白露

坠层云，冷风侵恣冰肌。始初凝、露珠毫细，漫浸未湿蛾眉。念凉雨、铅华尽洗，想鸿雁、齐阵南师。听语雕檐，呢喃燕老，相商顾旧别离辞。怅银笺、最难书字，回远更谁知。余痕渍，鲛绡缠住，白鹭归迟。

问微风、柳丝无力，翠垂憔悴荷池。借朱颜、淡妆清抹，想西子、虚镜愁悲。秋水眸盈，拒霜靥浅，带宽还瘦醉方疑。佳期待、晴空蓝碧，圆月几愚痴。丹桂恋，幽径馨香，野墅烟炊。

清平调·梦怀

倾湿衣襟横泪流。云裳故旧掩愁忧。郁沉难返容颜去。又落长酣醉梦求。

仄韵格

拜新月・靓影

罗裳玉肌露，媚妩淡妆掩。漫溢幽径香，树梢飘朱点。

梧桐影・无语

痴语飞，相思意。牵念绕缠千节愁，连环错解疑难会。

醉妆词・醉酒

念痴梦。落痴梦。未醉悲声恸。问谁懂。又谁懂。弄断愁肠痛。

塞姑・问菊

照拂凄清雪月。露冷倾寒未歇。长望云天向谁，又借凌霜风骨。

晴偏好・朱顶红

青衫朱顶腮妆俏。东篱不与争开早。芙蓉恼。千丝粉艳三分巧。

花非花·雾花

珠缠珠，露缠露。绕水云，沉烟雾。氤氲朱紫漫林花，雨霭嫣红香满树。

章台柳·幽梦

怕愁梦。牵幽梦。昨夜黄昏邀鸾凤。不念相思意会难，未知心碎问谁懂。

春晓曲·问梅

西风几度枫红悴。露冷珠寒玉泪。菊黄醉酒伴东篱，弄影暗香飘艳蕊。

十样花·寄花

梦呓疑难如意。黄菊拒霜憔悴。纤指飞花外，堪时摘，秀罗绮。不教孤自悔。

一叶落·归

漫破萼。风裳薄。际天望远向云鹤。去时未许期，归来言倾诺。言倾诺。最梦重逢乐。

如梦令·荷令

倾力弄潮波涌。菡萏嫩珠情种。羞色掩柔娇，痴恋寸心脉动。都懂。都懂。翠紫风裳幽梦。

天仙子·媚影

翠染红裳漂幻境。丝弦倾诉惊玉磬。轻飞纤指拨心音，向天听。痴妙婧。仙子梦幽淑媚影。

风流子·羞萼

幽独岁华暗落。还忆无言曾诺。邀万里，念千丝，却扫秋风寒索。疑错。疑错。妖艳粉腮羞萼。

归自谣·飞花

清酒尽。把盏沉觞痴笃信。飞花润玉藏温蕴。

红糁径曲香暗隐。孤自忖。漫飘艳雪余幽恨。

饮马歌·红楼曲

寒鸦昏掩影。落日尘灰冷。夜深孤幽静。雪飞飘俄顷。念相依，坠叶疏，更梦愁难醒。幻虚境。

望梅花·秋菊

孤冷残遗秋色。几点疏黄藏迹。半掩娇颜难自摘。漫与丹青争墨。千里问归迷梦泽。空落量思谁惜。

长命女·秋意

云际外。芳草连天沉自醉。谁抹相思泪。

断肠千丝缠结，愁怨晚风憔悴。黄菊拒霜难掩媚。梦醒方知味。

生查子·问弦

花羞遮粉腮，月掩寒宫闭。罗绮淡抹妆，纱薄朱唇紫。

飞星画镜湖，闻岸飘香桂。烟袅落伤悲，问弦禅思累。

醉花间 · 望海峡

云珠滴。雨珠滴。珠滴倾情脉。风细泪花飞，浪泣声沉寂。

洏涟襟都湿。念岸应自惜。眸回际边归，咫尺天涯客。

点绛唇 · 佳人

江作青罗，山如碧玉飞舟隐。抹徽音问。遮半琴吟引。

黑瀑素巾，红颊朱唇粉。灵眸润。离骚风韵。终曲犹思尽。

归国谣 · 恋梅

羞涩。欲放嫣红争国色。又怕惹惊骚客。丹青难泼墨。

凉宇傲霜标格。润珠藏玉帛。南枝约知如昔。暗香迷旧迹。

清商怨·背篓医生

背篓山远送医到。怒江云雾绕。路窄沟深，病愁药还少。

来去千里未了。念老孤、御寒新袄。冷暖情怀，荒村都庆笑。

伤春怨·南京大屠杀祭

泣咽飞余泪。不幸遗魂憔悴。几度哭孤零，遍地猩红都碎。

忘难思凶诡。恨寇多无悔。念记且低吟，更岁忆、清明祭。

后庭花·错

几曾会意芳尘落。水深浑浊。不怪风雨摧残萼。自沉幽乐。

藏香闻馥多倾朴。最难休恶。岁来花艳谁能约。待期都错。

卜算子 · 梅恨

盈睫玉珠寒，凝露香飞去。幽怨流红化云烟，题叶还迟误。

未别如何愁，再梦知难许。念记余馨翠禽狂，醉晚归来处。

一落索 · 寻春

东风吹皱潮涨。粉妆红浪。泼朱点翠惹情思，沉欢靥、桃腮漾。

蜂蝶觅寻迷惘。万千幻象。景中魅影醉花繁、哪枝意，相依傍。

好事近 · 女人花

矜笑翠芳颜，秋水暗藏情掩。腰瘦粉腮眉黛，又把春尽染。

风裳曼舞体香凝，媚妩柔姿暗。空碧素娥羞妒，淡抹妆菡萏。

天门谣·春归

垂露云丝细。正风雨、点红飞翠。飘焕绮。满枝羞珠蕾。

漫山远氤氲都自媚。雾霭烟横淹野卉。多暗昧。更恋念、归思旖旎。

忆闷令·错季

梦里重逢何事尽。对眸难相引。幽游倩影闲愁，多艳娇余恨。

夜黑风裳隐。懒慵妆腮粉。念都怕、暗自狂痴，还错邀花信。

散余霞·望春

轻寒长望春无意。错解题叶字。多少年岁归难，念思相与醉。

冰壶露珠沁蕊。满径幽香意。还待紫落云梢，恋痴迷暗昧。

万里春 · 北归

清香渐溢。梦沙洲云泽。正氤氲、雾里寻遗，几声嘹唳激。

万里征程急。又还怕、独留孤客。莫回眸、趁伴东君，去时余幽迹。

锦园春 · 访春

望春羞涩。还娇颜嫩蕊，淡妆倾色。沐露沾珠，更惊闻香客。

风轻玉碧。向幽径、觅踪寻迹。旧恨难收，闲愁未尽，矜藏情脉。

太平年 · 念春

娇颜憔悴芳华去。漫恼愁乱绪。风裳迷岸湿珠露。醒来时又误。

柳絮扬飞香飘处。望断情难诉。朱紫念春驻。却自辜负。

忆秦娥·焚香

焚香卷。落灰眷恋心花剪。心花剪。琴吟凄切，音绕烟散。

笑声幻影又昏晚。西风空舞丝弦断。丝弦断。断肠泣诉，素娥轻惋。

朝天子·难顾

月冷余寒菊。清眠忆、洞房花烛。茅舍陋屋。共枕藏千福。

算念顾、沾珠飘雨瀑。费尽思量诗未读。疏叶簌。岁多去、年华难复。

忆少年·情蒙

非诚不语，非迷不惬，非痴不诺。愁时独孤尽，梦与佳人约。

念过芳春多自乐。暗又怕、客来还错。三生托几世，一试终情薄。

西地锦·闻兰

不意惹愁芳草。怕秋思又恼。虚空际外，云天向处，惊风多少。

黄菊东篱月老。念离情未了。桃源暗梦，清觞自醉，幽香羞扰。

江亭怨·春怨

翻枕睡难困醒。残月漏窗幽静。犬吠似低声，应是邻家错警。

念乘晓寒雅兴。绽萼花开繁盛。珠细冷风侵，又怕惊芳争竞。

贺圣朝·梦梅

镜颜又转愁沉梦。风花未懂。艳娇憔悴，碎心何解，竞春难纵。

扬朱梢坠，落红径隐，漫香三弄。独孤幽影，呢喃痴语，相思谁种。

甘草子 · 冷月

归雁。断肠还怕，低语愁难怨。絮落穷秋晚。无力西风软。

黄菊拒霜恨时短。但脉脉、情痴两愿。沉幻虚空九天远。寒夜思春暖。

秋蕊香 · 手机

坠眼荧屏彩幕。方寸尽图游乐。举头四顾突惊觉。入陷孤愁寂寞。

寒侵素腕沉酸膊。千秋索。觅寻远影月尘落。牵念难回对错。

胡捣练 · 扬花

问花扬絮向何归，漫落云天羞涩。千里相思迷陌。难觅痴情脉。

余香藏处念芳菲，不意风裳争色。但借泼朱飞墨。醉梦还骚客。

桃源忆故人·秋禅

琼花留住朝修善。叩问菩提禅远。欲落凡尘思恋。望待倾心眷。

焚香灰烬晨钟缓。暮鼓声惊霜晚。吟绕九天哀婉。弄巧谁痴伴。

烛影摇红·尘梦

尘梦长生，望求娇艳芳华复。千年虚幻伴樽前，向处难还卜。

问月香残影独。想今古、从来泪簌。暑寒几度，刹那光景，孤灯风烛。

海棠春·眷

轻寒未去飘珠雨。漫云梦、归期如许。萼瓣露相思，梢树飞蜂舞。

翠禽惊觉攀枝语。怕留恋、春还又妒。望远染林花，暗自藏情愫。

东坡引 · 收艳

三叠梅笛落。天际别云鹤。凄清暗月同谁酌。难眠收艳萼。

狂痴笃厚，疯语情薄。寒意尽、东风恶。余香笑靥休轻诺。来年还怕错。

双鸂鶒 · 大雪

旧岁孤幽栖鹤。望断层霄云阁。还怕幻虚倾落。相思无觅情薄。

冷艳凌霜惊萼。尘梦暗香时约。弄粉枝梢羞却。千愁沉醉难托。

梅弄影 · 梅影

梦惊残晓。雪霁寒风老。星靥颜娇向早。一夜虬枝，暗香疏影悄。

缀梢纤巧。玉润冰肌皓。不见东君羞恼。傲骨凌霜，沉觞酣醉闹。

茅山逢故人·愁怨

藏隐云天空碧。寻觅岑山无迹。蝶梦青烟，潇湘幽影，幻虚骚客。

矜收画粉朱丹，难泼颜娇愁墨。念顾相思，馨香余媚，玉珠羞涩。

阳台梦·梦梅

醉醒还梦柔娇舞。断肠愁结缠千缕。菊黄憔悴露霜寒，暗香多自误。

争春孤艳冷，还怕云裳又妒。落魂难寄翠禽吟，夜雪余私诉。

惜春郎·梦春

梦回千里云天阔。玉露飞珠泼。嫣红漫紫，抹腮妆淡，琼蕊花骨。

绿染遥岑时未歇。落满尽风物。怕觉来、枉自相思，独隐翠禽孤月。

双韵子 · 红楼怨

相思雨过，玉珠泪簌，颜娇羞驻。寂寥冷月虚空，还念向、情谁诉。

流星去。觞无助。云天外、琴音又误。寸心揉断愁肠，芳草远、难倾付。

凤孤飞 · 醉梦

望断远山烟霭，不意寻归处。几度飘飞乱绪。念怕是、余幽愫。

梦里痴狂思暗诉。樽前醉、觉来更苦。时错欢情还自误。但藏愁千缕。

醉乡春 · 寻春

梦里一声春晓。知苑落英多少。怕夜冷，暗香藏，风雨细吹撩峭。

眷恋问谁能了。染绿花开却早。想阳暖，趁嫣红，自随媚靥寻芳草。

应天长·梅约

念花漫飞愁自落。娇艳几时妆淡薄。别繁华，醉云阁。孤冷暗香沉玉爵。

怕争春，言语恶。飞雪霜寒还错。梦里南枝谁约。独与翠禽酌。

满宫花·霜花

独遗狂，难自醒。怕对眉妆花镜。菊黄瘦减见谁怜，斜月掩梢幽影。

朔风惊，凝露冷。一念尽争朱杏。满天珠玉伴霜飞，愁落暗香虚境。

滴滴金·落梅

碎心无泪恨离别。几更醒、梦飞雪。残月风冷露珠寒，想南枝都发。

开早艳娇芳华歇。弄肠断、恋花骨。满径飘影暗香藏，怕笛声吹彻。

忆汉月·水月

羞落水深波漾。醉玉莲花虚像。断肠千缕问瑶池，漫浸露飘珠浪。

飞花空镜幻，痴觅处、念思难向。隐幽残影掩银光，斜月晓寒谁赏。

留春令·惊蛰

闷雷惊蛰，雨珠湿燕，情丝千缕。嫩蕊初开绽娇颜，念争竞、风流簿。

翠紫嫣红天相与。呓语都倾诉。痴梦繁花恋香魂，醉绚烂、牵春驻。

梁州令·风尘

夜冷沉寒露。漫入微尘沾住。迷痴艳紫梦扬花，芳华几度成欢旅。

西风惊起幽孤鹭。掩泣低声诉。归时未约愁缕。颜娇又怕春来误。

盐角儿·占问

衣襟剩馥。余馨剩馥。香熏羁独。愁闲不远，愁闲不怨，恋思愁复。

雨来占，花来卜。冰壶露倾珠飞瀑。际天雾、幽姿倩隐，藏掩一芳娴淑。

归田乐·恋梅

珠沁萼，未念芳华争国色。相思意，又多怕、余玉笛。满枝先绽早，媚无极。

算露冷、凌霜傲，迷痴寒冰格。想多少、娇颜憔悴，暗香矜自惜。

惜分飞·寻梅

昨夜风寒枯叶舞。雾霭满笼凝露。萼瓣迷梢数。染红几点南枝处。

羞涩矜藏愁春妒。错把佳时又误。幽径眉妆妩。影疏难觅谁倾诉。

使牛子 · 雪梅

莽原目断倾飞雪。疯卷路迷独绝。飘漫掩云裳，愁怕南枝暗香歇。

野村破壁成风物。难拨琴音乱拂。冷艳落相思，泼洒冰花藏傲骨。

折丹桂 · 梅落

天涯望断飘云鹤。坠梦迷仙阁。野荒何处醉相逢，想又遇，痴梅萼。

艳娇堪摘烟花落。愁念枝梢弱。漫红幽径暗香余，最怕是，东风恶。

竹香子 · 庆生

细雨珠帘沾湿。念把怨愁一掷。无边寂寞恨相思，幻镜迷芳泽。

云天向处妙格。更梦寻，旧迹余墨。匀朱淡抹画眉妆，却恋流莺过客。

城头月·窗前月

幽孤月影倾斜照。不叫轻寒晓。珠漫飘霜，金波浸冷，暗自惊喧闹。

怨愁落恨枝头鸟。梦醉痴难恼。细露沾襟，风裳弄湿，飞泪还狂笑。

四犯令·闻醉

掩影盈眸羞恨意。满径飘残蕾。玉萼惊寒今古事。风尽拂、摧柔媚。

问梦闲愁收紫翠。珠露藏秋水。冷艳轻霜无限昧。飞泪雨、痴难醉。

破字令·幽梦

醉里桃花媚。玉露润、云天珠蕾。东君难掩艳娇回，拂梢朱紫翠。

风裳怨薄寒惊蕊。怕相思、惹眸飞泪。漫香自恼，余馨暗隐，觉来羞昧。

花前饮·寻

问花开遍几时浪。记初绽、娇颜倾放。淑媚羞涩妆，更掩隐、邀谁赏。

绿紫云裳际天望。漫春靥、嫣红流漾。不见幽影孤，念落下、夜又怅。

探春令·红浪

这厢初放，那边收暗，红糁茵乱。露珠浸冷难先绽。赖开早、争霞烂。

暖风细雨春过半。困慵云梦惯。又惑疑、媚影飞飘，沉醉幻蝶追花伴。

越江吟·缘聚

羞娇妆淡沉欢宴。假面。正疑梦里相见。芳华远。良宵恨短。情难愿。

醉云天、凝愁余怨。碧桃眼。矜藏寸心却乱。飘长溍。飞霜暗伴。红尘晚。

雨中花令 · 桂枝

惊梦三更檐雨。念挂金粟倾寤。楼阁层云垂玉叠，香溢幽游处。

恋久凝怀长眷伫。怕吹落、燕留谜语。想木叶、送流红字渍，归隐藏轻妒。

凤来朝 · 牡丹

梦里容颜粉。恰丰腴、露珠沐润。想斜阳霁雨、云弛紊。数百态、万千韵。

媚影娇羞自忖。念余寒、玉环懒困。怕艳落、天香恨。恋国色、寸心蕴。

秋夜雨 · 孤鸭

春潮涨满寒江阔。孤漂水鸭难歇。望前迷路远，怕到处、无归思竭。

波涟雨霁多嬉闹，但问何、还被离别。都怨沉意惬。漫梦泽、云天愁结。

伊州令·醉梅

秋风错把相思拂。娇隐幽花骨。珠露倾痴香暗藏，更冷艳、嫣红紫抹。

凌霜孤傲寒彻。虚径云空阔。樽前别恋翠禽醒，醉难解、愁肠又结。

木笪·寒梅

漫襟珠露湿。冰玉霜寒冷，念醉南枝轻抹色。梢头朱紫淡，影疏羞涩。

暗香遗径，难觅幽思迹。但见相逢成过客。云天空自落，傲骨情脉。

迎春乐·桃魂

藏娇萼瓣沉欢惬。露珠沁、玉肌洁。晓晨寒、未抹胭脂颊。怕粉黛、暗惊蝶。

云梦漫飞思未歇。别离恨、愁肠千结。双燕漏余言，知期误，风尘绝。

青门引·梅子酒

念玉痴梅子。还忆小唇清脆。飞珠溅露落圆盘，花中魁酒，酿就一坛翠。

浮飘幻境云天醉。独傲相知味。对觞几盏何畏，恋香暗自还迷昧。

思远人·清明

飘泪洏涟飞雨幕，阡陌尽愁客。念轻烟蜡烛，千秋香火，难忘又何得。

古今旧故思恩滴。傲骨点朱墨。望万载未来，宇琼尘世，炎黄自成色。

醉花阴·禅花

馨醉满坡争竞宠。人影闻香涌。登级入清门，满院檀香，听梵吟音颂。

雨惊润艳浮心动。还把相思种。谁道落英零，揉水泥收，一笑飞花冢。

望江东·望归

长向沙洲觅迷鹭。想遇见、情倾诉。幽孤掩影又还误。怕念断，愁千缕。

量思费尽邀相与。却暗怕、何如许。际边秋水与谁付。似云鹤，神仙侣。

品令·寻梅

寻梅迷处。几枝艳，吐珠凝露。含苞嫩蕊思相慕。风霜玉冷，疏影梢头妩。

牵动寸心花蕾数。怕游蜂孤旅。错约粉蝶期又误。惹春还妒。香暗情轻诉。

引驾行·岁辞

虬枝斜岸，风声哽结微波漾。影疏横、暗香漫，冰玉润肌谁赏。

梅帐。染紫碧云天，邀春怕妒际边浪。寄多少、风流旧事，想芳华，错还唱。惜忘。

玉团儿·元月

难逢向望云天阔。想寄梦，相思造物。怒放南枝，玉惊羞涩，冰萼花骨。

际边掩隐余幽月。问几度，风华不歇。倩影疏横，柔姿孤傲，香暗自拂。

倾杯令·腊八望春

露冻云低，风寒晓拂，冷艳缀枝轻叹。难望浮华归远。迷迹寻幽深苑。

嫣红天外东君晚。待相邀、朱飞梢满。眉妆紫染空碧，嫩玉娇颜又烂。

锯解令·蜡梅

醉醒无意惹春思，更恨梦、闲愁万缕。虬枝落满艳娇矜，独自傲、尽收露雨。

觅幽玉溆。问月寒霄暗处。馨香念寄翠禽惊，想日短、萼飞又去。

步杨无咎《锯解令·送人归后酒醒时》韵。

珍珠令·难言

难言对面遮颜巧。都闻好。想未见、馨香多少。痴念结千愁，薄情思自扰。

掩隐幽芳何又恼。怅疏影、满枝开早。开早。怕梦里云裳，风惊寒晓。

寿延长破字令·梅阁

寒怜玉萼羞开早。怕春知又恼。雰霭氤氲矜孤傲。露霜凌、痴情未了。

醉梦相思余多少。翠禽愁自噪。苏轼唱罢吟音绕。燕子楼、幻虚缥缈。

折花令·艳春

水漫江潮，嫣红染遍林花绽。露滴萼、珠飞瓣。香溢径幽馨，碧云霞晚。

拂冷寒去，晴阳雨霁熙和暖。蜂蝶闹、黄莺乱。恰豆蔻芳华，娇颜又伴。

红窗听 · 风吟

娇艳羞言惊国色。但错解、翠禽情脉。夜深幽影谁能寄，漫云天空碧。

晓拂风寒寻梦迹。余香暗、氤氲掩隐，虚飘径陌。呓声吟远，念逢离骚客。

上林春令 · 春呓

花径幽深庭后。落满地、云团絮柳。际天觅处飘飞，多念想、伴风远走。

梦遗冷艳琼霄九。怕又是、寒宫余酒。桃眸杏眼相思，意谁寄、蝶蜂难偶。

红窗迥 · 晨寒

晨晓寒，飞絮落。想沉梦沙洲，满天云鹤。幽影漫飘悠乐。露冷惊艳萼。

冰玉风霜孤自立，念不争但信，相思又错。何处痴迷情薄。独把清酒酌。

端正好・亏负

醉梦无言飞寒暑。相思泪、多付风雨。别离还怨是幽旅。但费心、何如许。

暗香痴迷难疑误。知多少、闻杯炊煮。愁肠错解结千缕。叶下时、亏谁负。

杏花天・秋妆

借得春来妆秋艳。化蝶梦、芙蓉馨掩。霓裳翠减风荷淡。晨露朱红轻点。

念珠玉、雨飘翡染。记泉边、萤微曾焰。芳华一霎还飞闪。最忆流觞摇滟。

天下乐・梅望

冷艳露珠暗扑簌。怕落尽、占数卜。原荒寒天暖意复。相思念、寄谁寻逐。

破晓梦、颜娇影若淑。觅不昧、迷香馥。万千眷恋倾似瀑。缀虬枝、幽影独。

撷芳词·雨

飞珠雨。溅花怒。漫天不断思相诉。憔悴损。沉慵困。不落嫣红，未遗留信。

幽游旅。闲愁绪。丁香千结万丝缕。颜娇粉。多飘尽。芳华铅洗，听檐余恨。

鬓边华·夜寒

夜寒风细冷艳。珠露润、云梢数点。隐氤氲、浮影斜横，淡妆紫、南枝又掩。

流光残月清眠，怕错过、无边恋念。问谁寄、牵梦相迎，暗香恨、飞霜瘦减。

玉楼人·蜡梅

露霜孤自沉清酒。迷梦里、虬枝缀后。馨香余雪冰壶，不思量、依隐故旧。

羞娇不与春芳斗。问蝶蜂、冷艳谁嗅。摘来欲寄闲愁，漫幽花、醉舞红袖。

步无名氏《玉楼人·去年寻处曾持酒》韵。

鹦鹉曲·江南雨

深寒数九飞烟雨。漫珠尽掷向穹宇。落虬枝、化梦狂痴，一夜无涯幽旅。

冷艳孤、谁寄呢喃，燕子未归时许。怕楼空、剪拂花灯，怅又结，愁丝万缕。

木兰花令·妒

媚眼欲抛花镜幻。黄菊拒霜秋已晚。冰玉冷，漫思量，际天萧瑟沉凄婉。

疏影泪滴相伴月。觞宴更余愁醉歇。清江未醒问羞娇，断肠千缕何时别。

金莲绕凤楼·自嘲

不问樵夫穷秋雨。多暗结，愁肠千缕。夜深寥寂余孤苦。算相思、约谁知许。

飞檐燕归怕误。闲自解，无言寄诉。际边残月难回溯。沾流光、梦春何妒。

睿恩新·拒霜吟

星云水月碧天阔。珠露冷、西风轻拂。半眉妆、几变幽姿，徐娘老、独孤风物。

草外芬芳意歇。怕又问、紫嫣愁别。想相思、梦里重逢，伴寒夜、难收秀骨。

夜行船·寒梅

忆念云天风骨。几时断、彻寒倾拂。暗香疏影不思量，多忘了、雪中傲物。

虚境飞花空自惬。迷寻处、寄愁千结。漫笼飘霜艳媚冷，际边远、独幽伴月。

金凤钩·夜寒

思量意，恨多少。怕又见、念痴难了。雨丝飘落，别愁余怨，千缕断肠自扰。

虬枝还恋花开早。问冷艳、漫霜谁老。雪烟孤傲，露珠羞恼。疏影暗香清悄。

鼓笛令·殇

晓寒雾漫云天远。有几帆、梦归虚幻。念把空船多借箭。怕沦陷、疾风江浅。

但恨薄情愁满。不思量、瘦娇还剪。露雨千丝珠花溅。怅难觉、沉觞醉晚。

徵招调中腔·梅忆

寒风冷艳枝梢客。暗自泼、飘香惊墨。梦里几时惹相思，怕醉醒，薄情脉。

珠飞万缕霜难惜。算独傲、何遗阡陌。不恋与春竞争芳，余露沁萼玉冰格。

鹊桥仙·问梅

痴蜂缠绕，轻寒破暖，寻梦南枝又别。翠禽飞泪望云残，收霁雨、飘余盈睫。

牵思遗韵，凌霜孤傲，都付冷风愁结。落英不忍醉魂惊，更难恨、满天花靥。

玉阑干·幽影

春风又妒秋荷事。映月靥星藏婉媚。余香十里向高枝，云裳绿、艳娇琼佩。

冷颜矜傲还清贵。恋翠眉、情脉痴醉。夜深几许梦相思，凝珠飞、玉露烟蕊。

思归乐·难问

云水愁闲星靥隐。还怨减、柔娇腮粉。梦里几回自思忖。但暗念、轻言笃信。

泼露飞珠风物润。怕掩却、寸心难问。倩影未藏羞面尽。淡抹妆、素颜凝悃。

遍地锦·春愁

念把娇颜付春后。未争时、黛眉轻就。缀枝头、秀色柔姿，掩倩影、馨香满袖。

怕东君、暖意消融，漫相思、絮飘斜柳。恨艳芳、天际无归，又负了、风裳锦绣。

茶瓶儿·大寒

冷风寒珠深数九。短花袄、丰姿冰后。肌玉云丝秀。似梅孤傲，淡紫妆难就。

娇艳眉梢罗绮绣。虚境觅寻何空候。沉梦南枝久。恋馨迷旧。还念藏香袖。

柳摇金·痴恋

飞波还向水云殿。想夜昼、迷珠念遍。但付秋风吹玉管。怅思量、岁年却半。

罗襟朱绿染风裳，寄与谁、偷生假面。梦远闲愁多错绾。暗香余、恋痴难断。

二色宫桃·别萼

别萼难收藏傲骨。想冷艳、颜娇风物。疏影暗香缀满梢，相思意、为谁沉醑。

虬枝怒放成欢惬。寸心吟、七弦轻拂。醉梦落魂问翠禽，花羞涩、万千愁结。

市桥柳·柳花

乱絮落、浮飘万里。似雪慢扬烟蕊。云天水月风尘，路边泥、不虞又生地。

睡眼欲开悲暗昧。望岑山、难寄念思虚意。想眷恋、谁相怜，怕相怜、半酣自醉。

一斛珠·玉兰春晓

寻春未见。竞相怕早花开晚。嫩梢迷缀胭脂懒。沁润凝肌，玉立枝头满。

起舞晓寒难觅伴。云珠收冷呢喃软。问归双燕还难剪。遍撒嫣红，但待风和暖。

夜游宫·春

春雨连绵细泼。正冉冉、露华润物。万里林花漫梢惬。绿染遍，水天合，碧空阔。

问处芬芳悦。望云裳、藏羞颜绝。倾洒娇痴惹粉蝶。满蜂巢，酿蜡蜜，未肯竭。

踏莎行·秋絮

醉里杨花，镜中乱絮。朱颜渐转无归处。云裳红糁怨声吟，风沙幽影闲愁苦。

粉泪轻飞，痴情难诉。飘尘万里量思误。错余笃信恋春归，却抛梦呓狂倾付。

宜男草·梦荷

拂水微波涌无力。浪鱼吹、待时何夕。倩影幻、翠绿云裳，还又晕染嫣红空碧。

风荷千顷觅香迹。袖轻藏、绮襟还湿。难掩却、珠蕾柔娇，应是淹浸星天梦泽。

倚西楼·问梦

拂晓西风残月寂。沉咽寒蝉鸣暗急。艳娇憔悴几回颜，柔媚黛痕羞抹色。

空镜玄虚闲自愁，魅影幽忧何未惜。扬花飞絮恨千丝，谁向十里芰荷问梦泽。

扫地舞·愁荷

风起急。雨坠急。起时坠时雕玉色。池满溢。珠露滴。待霁斜阳星宿湿。浸空碧。

寂静处。闹静处。寂时闹时悄暗渡。难系住。怕又误。梦里寒蝉如泣诉。掩情愫。

步蟾宫·望春

江南三月云烟雨。难望断、水天迷雾。飞珠沁蕊弄相思，还又想、缀红一树。

风裳环佩金丝缕。更醉梦、惹春尽妒。向荷十里问秋眸，早念把、恋情痴诉。

冉冉云·秋荷

几阵飞珠洗秋色。润满池、露荷堪摘。温蕴隐、玉子红衣多蜜。但掩却、娇羞沁溢。

觅寻千顷梦云泽。醉余馨、暗香情脉。痴念怕、郁结千丝幽涩。难住西风流迹。

蝶恋花·蝶恋

偷得春颜秋暮缀。未老芳心，拒让流光碎。忘却花残风月驰。借来娇妩浓妆媚。

才尽江郎词笔累。欲写金笺，滴满相思泪。馋念甜香攀摘桂。风清云淡渊明醉。

秋蕊香引·过客

倾媚色。颜娇争尽，艳香飘落，向春暮，云梦泽。独余十里风荷翠，漫孤冷标格。

珠露泻，雨霁飞流过客。别情脉。浸星渡月，未醒知何夕。念思意，还多会，紫朱相惜。

惜琼花·愁荷

风清拂。揉翠叶。漫柔娇嫩蕊，冰玉羞物。露飞珠沐藏深靥。眉妩凝眸，秋水盈睫。

镜花淹，庄化蝶。想相知尽付，如意称惬。但惊香隐还时别。星浸闲愁，云梦难咽。

荷华媚·荷媚

清幽梦惊色。星空浸、媚妩风裳云泽。疏狂沉醉觅，飞珠溅露，漫嫣红翠碧。

倩影乱、飘隐朦胧月，想轻妆嫩蕊，柔娇羞涩。多因怕、轻言去，余馨愁怨，更远寻无迹。

七娘子·有女初成

别家有女初成涩。正细腰、桃面倾城国。缀梦枝梢，酿花华蜜。飞丝腮颊妆粉色。

并刀手快羞无力。想韵人、暗学丰衣食。忆迷深味，念惊满席。几时教雅金樽客。

寻梅·阵雨

西风一阵雨未透。湿几处、窗隙渗漏。翠荷一把蜂腰瘦。暑炎轻，怕是梦清难就。

池塘水满吹波皱。最相思、樽前香酎。露珠慢浸寻星宿。笑靥藏，念顾又多依旧。

贺熙朝·夜梦

念把连环都错解。艳娇多改。寸心疲殆。怨愁藏靥，懒妆眉黛，镜花虚待。何处嘉赖。

借缘三世还前债。倾画泼丹青，轻染云裳彩。奈年华难载。思恋未回，题叶溪外。

拨棹子·风物

沉笑靥。云翠叠。水满荷池馨自惬。还念想、涩羞腮颊。眉妆淡、抹紫嫣红蜂鸟悦。

浸星邃寂漫愁结。绿裳袖舞藏风月。天籁闹、恋香轻拂。时望远、蝶梦归来千顷阔。

金蕉叶·梦雨

无风一夜沉炎暑。身难转、几番闲绪。绿翠俄顷，掩尘肠结千丝缕。幻镜影幽独伫。

轻荷十里春还妒。但思量、尽笃如许。寂寥暗梦，云天漫浸飞星雨。怕减馥香娇妩。

渔家傲·影

未拨七弦吟泣颤。绕萦梁上落尘懒。谁约相知难决断。千丝乱。云天烟袅回时短。

万里觅寻风又转。白帆远影沉星晚。如梦念思还不浅。却未见。暗香倩隐珠盈眼。

苏幕遮·元夕

玉龙灯，光晕染。云碧飞虹，淹浸星空点。街陌幽游寻媚艳。爆竹声轻，十里和风掩。

炫银花，飘彩焰。宝马香车，醉梦留遗念。把酒倾寒元夜暗。难去闲愁，何处金波潋。

明月逐人来·怀玉情怀

虬枝幽影。梅飞云岭。清贫乐，铁心民命。万千一掷，拼却都争竞。赤色旌旗炽盛。

中国危难，跨马挥刀驰骋。先锋向，凌夷不幸。望处更哀，沙散沉夫病。念复重生唤醒。

麦秀两岐·怀玉行

寻梦瑶池陌。云阁去来客。漫风裳，腮粉色。多恋清凉国。九霄还有欢颜席。踏歌华蜜。

余馥遗相惜。不舍何时忆。约来期，重觅迹。漾靥沉空碧。尘牵片刻何归极。黛眉香墨。

醉春风·春

晓梦风微拂。轻寒芽翠叠。云珠嫩绿蕾羞藏，渴。渴。渴。醉雨霖乱，润丝愁断，露飘难歇。

万里春潮阔。红染风尘物。水天烟霭掩林花，泼。泼。泼。双燕翩跹，柳莺和曲，萼开桃靥。

握金钗·思荷

绿翠掩颜娇，嫣红隐羞涩。乱云朱染姿色。尘念雍容怕倾国。沉玉洁，付相思，离别客。

环佩坠云天，风裳忘情脉。但愁梦泽难忆。又约何如不时摘。收粉艳，抹丹青，匀黛墨。

侍香金童·醉别

恼人情绪，不尽愁风月。画里云裳还未歇。几点玉珠多暗惬。淡粉朱腮，涩羞沉靥。

听雨飞露瀑，轻烟迷梦蝶。弄情脉、清觞何处别。向远水天风自拂。圆翠痴缠，恋思千结。

芭蕉雨·问荷

梦里闲愁怨别。断肠千万缕、思相结。欲系挂梢风月。念怕染紫云裳，妆红翠叶。

雨珠倾瀑露睫。淹隐润肌雪。何问意会难、沉深靥。向处远、暗香藏，蝉夜尽闹飞弦，吟音自彻。

淡黄柳·天籁

风荷夜色。邀月迎香魄。底树钩弦弹雅瑟。柳絮痴听乐律。相忘知谁是骚客。

倚斜柏。天声籁音逸。入情海、坠酥蜜。念梅青、日久缠丝忆。粉蝶翩跹，楚腰蜂舞，何似人间宴席。

辊绣球·荷玉

炎暑拂风轻，吹水殿、清波眉靥。艳娇羞掩，韶颜藏隐，紫腮矜妩，绿裳薄媚，白腴凝洁。

十里翠云连叠。难望断、玉珠肌雪。暗香飘漫，馥芬留迹，圆荷泻露，银河欲瀑，伴星痴月。

锦缠道·错遇

对酒无言，想把恋思相忆。但都去、泪飞休泣。漫空珠露衣襟湿。别柳斜丝，送远离骚客。

望荷花暗矜，艳娇羞涩。待随风、际边云碧。向九霄、独往归来影，浸星欢惬，醉引多情脉。

厌金杯·荷塘月色

朦月凄清，幽孤独影。浸流星、幻花虚镜。素娥妆淡，水殿翠云裳，风又听。向处蛙声闹景。

远去何归，近来争竞。念魁首、妒春难应。漾空暗靥，梦泽旧沙鸥，矜自冷。惊叹娇颜几顷。

庆春泽· 轻荷

未问醉醒难续。还念寄相思，露飞倾瀑。朱紫绿风裳，漫池宛笃。欲驻流光，梦云听声簌。

沉馨暗隐红玉。天籁伴轻荷，润珠南曲。梢月柳莺眠，蝉鸣幽独。拂晓余惊，待归请谁卜。

酷相思· 知否

一寸芳心都与付。更藏起，相思语。但缠念、闲愁千万缕。想梦醒、邀如许。想不醒、期如许。

恋慕倾情还慕侣。尽意会，痴狂舞。淡妆粉、风裳多媚妩。沉靥漾，能知否。浮靥漾，能知否。

垂丝钓·春恋

晴阳雨霁。飞珠飘露铅洗。洒泼嫣红，匀染朱蕊。相思意。黛墨妆淡紫。迷千卉。杏眼桃靥昧。

轻寒侵骨，颜娇腰细姿媚。羞云吐蕾。蝶扑痴芳翠。梅子清觞醉。谁问最。恋牡丹魂魅。

谢池春·秋聚

青草沿依，难理别离愁绪。望东篱、鹅黄菊慕。拒霜泪掩，叹下三更雨。算秋寒、露珠还妒。

柔姿魅影，映媚余馨飞舞。漫天涯、邀期诺许。芳华又去，野村牵思老。对觞觥、梦春欢聚。

玉梅令·缘遇

东君念遇。十里风荷舞。微波皱、一池幽绪。翠玉珠露钿，粉艳欲羞藏，还问起、远山夜雨。

眸寻倩影，云断千丝缕。堪休见、梦飞乱絮。怕待时空负，弄错忆相思，凝目望、碧蓝如许。

感皇恩·闲梦

月映照清悠，梅疏密竹。琉阁星垂凤凰筑。金兰挂树，雨细听风轻扑。秋千遥荡寂，云倾沐。

别苑青蔬，季随时熟。香袅箫吟伴诗读。悬丝问道，蜂蝶花痴余馥。九天银汉慕，又飞瀑。

梦行云·出水芙蓉

叹云梦飘拂。飞星靥。还自惬。千丝润透，九霄银河泼。淡妆铅洗金波漾，风裳羞伴月。

柳莺又闹，鸣蝉沉醉，云天外，萱草阔。荷沾珠露，白腴玉肌雪。水淹幽影梢头缀，粉腮朱紫颊。

凤凰阁·凤凰栖

九州精粹，相望齐栖火树。艳娇眉黛衷情付。雅砻金沙汇聚，二滩飞渡。缀芳草、青春锻铸。

霞光层染，粉颊红腮觊慕。钢花飞落遗愚愫。缠缚未肯离别，眷恋留住。怕飘去、轻易辜负。

殢人娇·夏荷

馥去馨来，又到夏炎时候。水满池、圆荷清秀。风裳翠绿，粉艳争锦绣。天际外、漫浸九霄星宿。

寻镜空虚，望飞云袖。念思近、藏香难就。露珠一夜，断肠愁离久。残月怕、不是盟鸥故旧。

两同心·十里风荷

雨霁风和，露飞青涩。蜻蜓点，珠蕾渐开，黄鹂抱，蕊娇惊色。醉云霞，魁首何争，别家倾国。

水殿星池梦泽。千顷寻迹。际边远，沉靥牵思，向几度，九天穹极。念余香，飘袖矜藏，湿襟难掷。

连理枝·羞荷

炎暑风轻拂。水漾微波叠。黄鹂痴迷，蜻蜓轻点，粉妆紫颊。掩隐千顷外，弄斜晖，翠朱淹风物。

珠戏圆荷没。银汉沉星靥。蝉闹梢头，蛙声塘漫，柳莺还说。望远云天际，想应回，念思归意惬。

月上海棠·旧诺

梦游幽苑推琼阁。海棠艳，时旬尽飘萼。满枝玉英，却未见，折花人约。听任意，雨打风吹歇薄。

衔泥归燕飞薪落。吊画檐，赏月籁音乐。望云烟外，念青影，伴星珠弱。想谁寄，泪潸余痴旧诺。

惜黄花·花黄

溅珠惊色。水花难摘。漫倾淹，恰颜羞，艳娇情脉。天外躬逢处，梦里相思国。算未觉，去来骚客。

流光何极。樽前谁忆。袖香藏，袖香藏，绮罗襟湿。拂晓怕幽独，夜暗愁寥寂。但念想，觅踪寻迹。

且坐令·水国荷韵

时雨簌。露细和风沐。紫裳翠绿飘清馥。倩影藏娴淑。粉黛眉山，羞妆鬓袅，云天水国。

沉梦泽，燕飞惊倏。思量处，醉难卜。腮颜娇艳愁幽独。问几度，星河瀑。夜莺倾诉蝉鸣曲。漾波红莲玉。

佳人醉· 难会

醉念樽前厚味。迷梦相思难会。魅影飘霞帔。瑶池风殿，粉艳余昧。染紫云裳湿透，九天歌当对。

银汉外。际星无系。何处觅寻，幻镜虚花沉靥，飞漫颜娇蕊。更藏媚。闲愁憔悴。坠落冰晶又碎。

小镇西犯·开早

艳娇春未过，芳菲月貌。思魁首，竞相开早。梨杏桃颜窈窕。水天遥袅。幽影倩，梢头蜂蝶绕。

露珠小。玉肌丰润腻，腮妆抹少。漫清香，靥沉波俏。醉梦云裳娥姣。雨霁余恼。闲愁处，但听黄鹂闹。

千秋岁·百年梦

千秋瑞梦。古国绵延统。中华续，传龙种。九州华邃茂，驰跃升沉勇。儒科举，释兼玄道听吟诵。

业少乘虚动。夫病孱肌痛。蹂躏苦，惊惶悚。百年仁杰博，睡醒酣狮恸。齐谋越，借来德赛飞龙凤。

惜奴娇·春忆

曾梦春风，半百青丝付。伴云裳，娇颜怕妒。岁月思量，算应是，东君误。惋怒。但更难、流光系住。

还把流觞，向醉里，多倾诉。想羞涩，几时凝伫。漫等匆匆，余情景，如炎暑。拂暑。且放过、沉眠自寤。

卓牌子近·醉梦

酒渍罗襟，未醒醉梦瑶境。难望断，风荷千顷。寻觅粉艳贞姿，朱翠幽靓。方霁雨过珠露，藏倩影。迷倾景。

幻照虚花空镜。飞袖暗香余，淡妆掩映。尽洗铅华，云裳水殿浸冷。想眉黛、缀梢红杏。

三登乐·荷梦

浑水淹流，何处是，觅寻归宿。问云裳、谷幽茅屋。算谜秋，相思意，付谁还卜。扬花露飞，落珠趁逐。

湿襟余香渍袖，千丝飘沐。夜清眠，九天雨瀑。想瑶池，边际远，贞声名夙。未收颜娇，掩藏婉淑。

檐前铁·萼娇

萼颜娇，沁露收珠，匀朱染色。费思量，粉艳坠林花，幽影独孤羞涩。相逢处，应还念，叙故旧、时归日。

枝梢醉、满笼头，媚妩矜藏情脉。云裳薄、梦惊难觅风流客。又恨东君，漫径絮扬飞，余叹惜。

忆帝京·漏雨

无端风雨飞愁泪。夜梦觉来憔悴。沉醉更难醒，爱恋都成昧。不意对觥觞，自解谁知味。

虚幻境、靥星藏媚。漫寥寂、碧空琼蕊。尽染云裳，颜娇羞涩，粉艳眉黛妆清贵。念是坠狂痴，但怕淹荷翠。

粉蝶儿·吊

泪洒湘江，杜鹃纷飞声泣。觅魂英、影遗迷迹。水头边，河道里，坠横惊魄。恐嫣红，云染九霄空碧。

老山界首，问天咫尺哀恤。怕还来、转机错失。想回归，思胜旅，号令应易。望落尘，化弥镜花无极。

隔浦莲近拍·早春

花开梢树怕早。未遇情倾了。但把眸回望，芳颜减，落英老。满地珠露恼。青梅小。桃靥沉幽窈。

满枝悄。春江饱涨，云裳蝶舞蜂绕。水天雾霭，斜柳绿飘莺闹。泼墨嫣红暗自笑。正好。粉腮杏眼娇俏。

郭郎儿近拍·痴荷

又霁。烟云漫掩眉山，飞露飘珠多沁蕊。朱紫。粉艳淑媚。帘纱风细声淹，缀满梢头痴蝶魅。

生翠。染绿霓裳，几度薄幸藏昧。水殿倾凉，流觞蕴暖，醉沉难况味。落盘圆、黛墨娇颜，还伴香荷迷艳卉。

碧牡丹·醉莲

水沐芙蓉婉。前度归来晚。未卷珠帘，醉落珠花倾溅。露泻风荷，天外云裳乱。梦回难约还远。

浸霞灿。霁雨池溢满。裙钗坠环香岸。粉艳柔姿，萼瓣涩羞初绽。望断云山，多少相思伴。狂痴娥影虚幻。

百媚娘·白玉兰

寒露晓珠盈目。破暖自矜娇淑。艳雪送梅飞嫩蕊，一怒万千花瀑。未恐争春羞皓玉。梢立风低簌。

苑外陌阡幽谷。蝶梦又藏金屋。恋缀满堂谁意会，收起暗香余馥。姹紫翠芳飘染绿。归去余葱郁。

传言玉女 · 雨愁

却说炎凉，水殿暑寒应惜。蝉鸣欲欢，但闻黄莺泣。霖霖夜雨，风拂晓晨襟湿。云裳无际，艳娇惊色。

暗醉羞荷，念丰腴、掩窘涩。泼珠飞露，漫飘沉梦泽。妆淡翠眉，淹尽风流华蜜。镜花摇曳，九霄空碧。

枕屏儿 · 黄山吟

西海云翻，烟霭玉屏夜寂。始峰飘，虚幻境，天都觅迹。松鹤老，莲花醉，月迷骚客。思相邀、谪仙泼墨。

青埂风流，来去不归谁惜。问潇湘，多少泪，娇怜一掷。绮裙钗，环佩坠，绛珠情脉。念吹尽、晓风又忆。

剔银镫·春愁

不意扬花谢幕。弄襟湿、惹惊归鹤。愁雨烟岚，怨风寒透，还怪东君情薄。抹妆粉萼。怕多把、颊腮匀错。

魁首难争踌躇。霎时流光无度。念思瑶池，遗香何处，媚妩羞藏时落。九霄云阁。伴残月、玉觞对酌。

诉衷情近·雨

风疾雨骤，似把楼台撼震。波翻浑浊飞流，回旋靥纹霎隐。檐下燕孤无语，残影雷惊，但望离愁困。

念追忖。怕艳娇憔悴损。漫飘香袖，湿透还谁悯。尘嚣瞬。玉珠尽撒，呢喃跌落，一江伏汛。水溅千花恨。

下水船·都老

数尽思量处。还有闲愁千缕。渍湿衣襟，邀月对酒无住。飘乱絮。尘漫飞扬幽独，魂游幻觅村墅。

何时悟。又把知期误。几度痴情都付。黄菊流香，三秋妒春如诉。拒霜妩。半老胭妆朱淡，难掩眉山余苦。

解蹀躞·忆梦

梦里还谁相许，未觉罗襟湿。醒来寻遍、遗踪影空壁。难别欢宴离骚，却辞残月清觞，水云行客。

远山寂。眉黛烟波情脉。颜娇掩青涩。艳胭妆粉、流红渍余迹。倾恋淹泪闲愁，念思收尽盈珠，惹惊沾色。

扑蝴蝶·花吟

花开几度，娇颜争国色。时妆魁首，繁华多至极。算来春沐风光，尽享晴阳润雨，还余傲霜标格。

漫空碧。引蜂梦蝶，一坛纯酿蜜。芬芳粉艳，馨香暗自溢。奈何烟霭巫山，觅遍九天孤鹤，难寻梦云骚客。

蕊珠闲·问凌霄

问凌霄，何时下，小院篱笆倾绕。恋痴前度虬枝，旧情未了。念思余意，忘知多少。夜寒别辞春晓。

想坡老。梦归重返又早。宫冷云天缥缈。碧空幽处，怕见素娥羞貌。怨愁闲暑，掩忧羞恼。细风柳斜莺闹。

瑞云浓·荷

霓裳绿紫，颜娇藏掩羞涩。妆镜唇腮抹朱色。眉修黛浅，泼墨淡、丹青余迹。艳语最难知，粉腮还又忆。

摇曳风姿，谁意会、孤妍品格。月影星辰望骚客。水光虚幻，漫笔挥、恋思浑画。向醉清觞，寄云梦泽。

番枪子·无语

镴枪银样淹愁泣。满径觅余香、难寻迹。却念何处花踪，欲语声细唤无力。幻梦漫云天、藏羞涩。

潇湘泪雨霏霏，珠帘溅湿。双燕听低言、沉寥寂。诗魂粉稿翩跹，艳雪漫飘别过客。但落魄狂痴、迷春陌。

荔枝香 · 桃花吟

细雨沾花润蕊，倾玉露。自泼香冷飞梢，怕惹春都妒。风掩柔娇嫣媚，杏眼藏还怒。妖冶、豆蔻芳菲坠幽愫。

江河满，柳丝瀑、情难诉。向远际边，烟霭雾遮多负。憔悴羞颜，暗恋云裳碧空数。念把相思系住。

春声碎 · 春思

潮涌几回归，拍岸春江声浪。悠游水鸭，天涯鸿雁，梦泽飞云荡。沙洲暖，恰双燕剪裁，飘绿翠、林花放。

微风景熙畅。雨霁氤氲困怅。娇颜易悴，润玉露珠垂、恋思向。都念想。吟醉鼓瑟湘灵，惜意会、相依傍。

祝英台近·遵义会议前夜

破乌江，湘水怨。千里败谁挽。夜黑寻星，盼北斗明灿。怕前去又茫然，愁言传遍，望天道、其时雄断。

苦思变。铁马声咽鸣哀，沙场点兵乱。都负魂英，血泼坠迷漫。混齐呼换擎天，征途重返。把智勇、再谋还战。

侧犯·白玉兰

满梢缀陌。泼珠洁雅牵骚客。惊魄。恰艳茂风华、点春色。魔都弄倩影，掩隐迷冰格。清逸。恋独舞风裳、绣绢帛。

人寰向慕，魂系情倾诉。还又识。素颜妆，含笑靥藏脉。霁雨方怜，沐阳矜惜。皓玉冰肌，漫江华蜜。

离亭宴·高中

得分高中榜。还怎选、清眠又怅。难定思量倾业向。更别念、尽欢都想。感叹自非多赞，谁满独孤欣赏。

回恋芳华已往。苦岁短、师恩勿忘。频举觞觥言暗壮。期望待、翱空劈浪。未怕弄潮淹笃，竞胜沉浮崇仰。

甘州令·东非兽野

草原飘，热气骋，旗袍兽野。呼唤伴、驭车飞驾。渍云裳，染朱翠，鼓声难假。举清觞，玉杯宴，忘过了、尽欢残夜。

绿茵万里，紫金千价。但私话、惜谁还耍。不思量，醉念远，别妆风雅。向红尘，问归累，怕虚镜、萼英时下。

梦还京·黄梅雨

漫空梅黄雨细，难霁泪飞泣。幻坠宫寒，醉惊月冷，风掩云裳，但见冰绡襟湿。

暑炎寂。还听蝉鸣，夜黑乍住柳怜恤。想淡妆、眉叶谁惜。

怕一掷。浸满淹却情脉。觅无迹。怨咽未理流红去，向远湖山，念思尽牵梦泽。

忆黄梅·忘别

题叶遍翻懊恼。却忘别情多少。追梦问相思，恨未了。念把云裳、染朱匀绿翠，娇颜俏。秋水矜藏窈窕。

月沉晓。对清觞，寻醉倒。蕊珠暗怨花开早。错期自闹。又还怕、踪影幽孤，见难痴深杳。云浪处、烟露倾抛颤袅。

快活年近拍·恋荷

晨凉蝶舞欢，月冷蜂痴乐。朱腮漫艳蕊，黛眉醉粉萼。绿紫风裳，际边望翠，沉醽陶欣，梦向九霄云阁。

问黄鹤。何处有念思，一去浑魂落。嫣红未尽染，尘嚣还又约。辞藻矜吟，谪仙标格，还借三秋，都付露珠倾诺。

过涧歇·问荷

无语。醉眸里、盈露漾荡秋波，独自矜奢飞绪。倾与付。粉艳羞藏冷蕊，弄乱千思缕。夜月几，念岁难追又风雨。

但想愁悴，咫尺涯边寻尽处。问荷云鹤，琼池伴痴侣。朱抹唇红，墨泼颜娇，梦泽天际，日斜香暗还春妒。

瑶阶草·愁雨

清愁晓风拂，闷暑吹凉雨。寻梦迷惊，郁结千万缕。恨离倩隐，怨来还去，独孤如许。际边漫飘别绪。

未留语。待期谁约，望归日远多难数。问醉倾觞，绿襟粉湿都尽付。念思怅惘，恋情怕负。碎心又误。云天洒泼珠露。

安公子·凶鹰

鞭鞘藏利剑。厚颜撕剥风拂，假面垂飞雨泼，摧挫何羞掩。朱红倾花脸。商战压欺不断，侮辱谣言威逼，疑乱枉诛贬。

霸主欲夺魂惊，忍苛峭惨。哀声漫卷，号令听未都屠斩。几度齐愁怨，唯一优先，星点孤沉尽厌。

应景乐·云梦

妆颜抹色。梦觅西园、媚隐沉夜寂。思量未，珠帘听声掷。幻虚寻旧迹。花镜倩影，恋处愁心烟袅，冰眸冷无极。

天际是何夕。想望尽、咫尺涯边，醉把笃意会，痴念情脉。时舞翩跹，穹宇游弋。羞落燕楼迷，云鹤向空碧。

柳初新·柳思

茸微嫩蕊斜飞翠。似弄乱、珍馐翡。嫣妍争竞，丹青泼墨，染絮漫飞青绮。难摘牵思怀寄。算千条、无依多悔。

别远知期又昧。想红尘、念春余几。流红遗处，芳华忆去，掩影问莺憔悴。醉梦惊、清觞如水。更何奈、雨飘珠泪。

斗百花·雁

茅屋飞檐归燕。天外烟云去雁。千壑几度梦泽，万里风宿旧馆。眷恋又见，岑山泼点林花，银汉漫飘白练。长别盈桃眼。

迷醉玉宇，奋翔空阔未晚。寻遍旷野，驰骋际边余短。念住芳华，重书檄羽金笺，还握战刀飞箭。

皂罗特髻·梅魂

暗香拂袖，媚舞秀柔姿，艳娇倾国。暗香拂袖，玉润还堪摘。闲愁意、暗香拂袖，怕多情、浪漫云天碧。暗香拂袖，怅觅寻无迹。

谁忆暗香拂袖，想如初羞涩。念应记、暗香拂袖，更难忘、冷蕊冰标格。暗香拂袖，问翠禽骚客。

倒垂柳·凉吹

凉吹炎暑热，念思痴、梅雨坠。花萼藏泥馥，芳草又青翠。蔷薇牵不住，春艳随幡悴。风裳时渐绿，池塘尖角沁蕊。

珠飞梦媚。粉紫朱颜羞暗昧。漫露泻盘圆，独盛玉环泪。难觅万古，沉去东流水。孤寻千里，却自红尘醉。

彩凤飞 · 梅恋

飞雪漫，飘花萼，望处云天外。怕东君、难抹绿朱眉黛。醉醒时，翠禽念、冷蕊冰寒，凌霜傲、幻梦暗香谁采。

但期待。想夜来风还抚，南枝雍容戴。怅落红、遗字流溪又怠。费思量、咽泣掩，娇艳何奈。尘扬向万里、漫浪一载。

有有令 · 梅思

花心揉碎。羞粉又轻垂，艳娇多渐悴。难把相思改，还倾诉、都谁寄。怕自归、不尽东君，泼朱染绿，妆眉红翠。

梦醉。柔姿妩媚。冰玉倩、傲霜无昧。想暗香藏馥郁，眷恋愁知味。竹枝结伴冷蕊。望涯尺咫。春已近、雨飘雪霁。

柳腰轻 · 走秀

芳华未去胭脂染。风裳绿，嫣红点。楚腰纤指，赫姿丰满，绮锦旗袍矜掩。彩灯炫、微步凌波，太湖美、和弦高澹。

梦里清池菡萏。想春归、浸星澄湛。牡丹红芍，拒霜黄菊，不负玫瑰娇艳。伴秋月、藏靥心花，驻流光、黛眉妆淡。

爪茉莉·老顽童

最闷闲愁，顽童乍见老。芳华又、惹秋烦恼。思量但念，岁月驻、青春永葆。更娇艳、富贵雍容，算霜鬓、情未了。

冰肌媚妩，想丰腴、恋花貌。飞宝钿、坠环钗袅。胭脂淡抹，舞柔姿、痴矜笑。把暗香、尽付梦云纤巧。会眸意，都满好。

蓦山溪·辞岁

旧年辞岁，唯独今朝醉。醇酿未沾唇，尽湿襟、相思飞泪。蜡梅煮酒，梦寐续情诗，抛妩媚，萃频归，奢望添愁累。

寒更漏雨，几度遮羞愧。想别字离骚，寄谁听、笙箫乱坠。惹秋收艳，错缀锦罗衫，想玉环，念重逢，送福迎祥瑞。

千秋岁引·邀约

待问秋风，何时顾拂。缀满枫红道风物。思量更念牵肠断，梦珠呓语千丝结。霓裳翠，拒霜紫，菊未歇。

瘦损朱颜难自惬。叶底字余愁离别。袖藏香暗泪盈睫。金波月影羞自漾，星云浸漫沉欢靥。幽谷静，茅屋陋，痴疯蝶。

早梅芳·错千回

九寒窗，念登榜。河汉三更往。晓晨欲破，垂眼牵丝结蛛网。幽游沉苦海，才问还迷惘。未闻虚日度，怕又自愚妄。

“病夫”悲，铭激壮。复兴谁能忘。沧桑旧事，尽出雄狮待新创。远方崎路隐，探觅寻曾想。错千回，付一生俯仰。

迷仙引·虚花

沉梦虚花，尘镜妆颜，又怨轻别。曼舞柔姿，孤游幽影时歇。待念追、天际远，水云氤氲没。深恐损岁华，娇艳清减，流光轻拂。

望处多奢阔。自醉痴倾泼。不问归收，风霜余几珍馐物。最苦是、难言未说。想澄觞独对，琴弦暗拨。

黄鹤引·未醒

朱颜青涩。欲染嫣红漫空碧。火烧霞紫云烟，非生天质。惊魁国色。幻镜虚迷标格。念归来，更把西子相思轻湿。

幽影觅无踪，淹隐难寻迹。觉来还问封侯，清觞流客。氤氲梦泽。珠雨细飘遗滴。古今情脉。但未醒、明天何夕。

洞仙歌·七弦吟

飘袅盘柱，向七弦音绕。谁在云台恋痴笑。看天边、万道光耀金轮，迎霞彩、齐沐朝晖普照。

想芳心一寸，弹与卿知，琴漾籁声勿惊扰。念别月星愁、酣醉难醒，孤灯怨、寒风吹晓。梦红烛、罗纱闹良宵，淡妆抹、馨香玉烟缥缈。

望云涯引 · 龙舟

江河潮满，水烟密，龙舟发。鼓点频传，两岸闹喧声叠。齐挥急桨，向处沉空碧，力不歇。粉艳狂痴，更争尽欢悦。

箭飞千尺，最难道，云天阔。爆竹尘扬，鱼跃际边蓬勃。凝眸望外，魁首花红舞，七彩拂。老少都赢，一醉流觞风物。

泛兰舟 · 愁缕

飞落春潮烟缕，断肠千丝瀑。夜长漏短难眠，残月独思夙。珠露倾飘，罗襟乱拂，香馨藏暗，还把清愁闲卜。

问茅屋。穷壑谷幽，身修何处有余宿。别是瘦菊东篱，谁唱自吟曲。山外悠然，醉里觅寻，尘牵云梦，付托几多寒玉。

踏歌 · 清歌

泼墨。水云天、翠绿飘阡陌。漫烟霭、染点嫣红色。把胭脂粉黛抛空碧。

梦泽。觅际边、魅影虚无迹。云帆恋、向远有孤客。想阳关万里离欢席。

思念处，泪暗滴。樽前问、几度芳华掷。岁寒掩珍馐，日暖藏花蜜。清歌难醉是今夕。

秋夜月 · 梦梅

欢颜惊色。想澄觞，多少怨，醉愁都掷。酒绿金樽难尽，算谁缺席。腮朱粉，眉黛紫，霓裳华蜜。意惬、纤手荐羞无极。

风流骚客。独雍容，矜傲骨，孤冷标格。半掩柔姿沉靥，淡妆情脉。漾秋水，眸回绝，似倾城国。暗香、藏袖梦收云迹。

祭天神 · 落絮

念往来窗外多行客。夜声残、梦雨飞珠惊泪滴。扬州几月烟花，雾霭飘阡陌。远帆孤影独徘徊，浮云泽。

更向处、因何怵。寸心怕、深意都空掷。思量费，多付与，暗自还难斥。想天涯、谁迷边际，斜柳长依，漫絮闲愁，水落无寻迹。

鹤冲天 · 幽梦

风华岁月，博大沉思穆。高就俯低处，迷相逐。未鸣残月夜，沉自信、宗崇笃。饱学疑文牍。问天凝望，幽梦载归匡复。

行修未满谁知足。常顾回念道，书还读。更恋金波荡，花草远、心飘牧。润玉珠飞瀑。芳华千雉，趁怀漫溢香馥。

少年游慢 · 荷梦

春风吹又歇。坠困青梅雨拂。双燕归来，闲愁疑去，繁华惬。斜柳千丝缕，菡萏藏香节。飘染陂塘，碧池十里幽绝。

掩紫云裳阔。妆淡腮红飞泼。子藕腴丰，莲蓬珠玉，晖盈睫。娇艳柔姿瘦，媚眼沉星靥。九曲氤氲，空余梦惊霜蝶。

兀令 · 春残

休念芳华归去早。几时波俏。谁信轮期到。镜前转容颜，醉后思娥姣。风月梦里迷寻，漾靥沉虚矫。萼落知多少。

坠尽林花何又恼。怨愁声小。花径幽深杳。漫糁暗香遗，翠紫还余老。瘦损憔悴朱眉，难把残春闹。未别赔调笑。

踏青游·鹅湖书院

村野飞车，朱子念思乡道。醉梦游、状元桥渺。巧相逢，还又为，千丝缠绕。稼轩早。格物辩争正悄。心宇九渊晨晓。

向问云天，难约际边华皓。想岁月、钟情未了。把阳明，都合一，知行微妙。怕谁教。唱晚渔樵声调。庭前枯树愁老。

梦玉人引·旧昔

旧照新发，还又把，故人想。梦里芳华，惜缘暗自欣赏。竹马青梅，最思念、布袄云裳绛。朗朗书声，唱晚长轻荡。

向空凝伫，多忘了、曾起窦情浪。晓风孤寒，失魂抓魄迷惘。念负春风，难醒忧惊惶。但痴醉三秋，尽付与、镜花虚妄。

蕙兰芳引 · 墨池吟

池染墨深，叹遗渍、圣书余色。想夜月挥毫，珠透露凝成律。问沉砥炼，多少事、流光无迹。斧斫狂草漫，蕴积兰亭神笔。

贫妇疑惊，右军题字，扇意难失。念街陌风尘，留住岁华忆述。乌篷船小，鉴湖空碧。待约来、还有几多骚客。

倾杯近 · 四月天

四月花繁尽竞，桃靥飘梨雪。杏眼回眸妩媚，海棠多自惬。珠樱节子，兰墨茶梅迎凤悦。望晴和、杜鹃坡漫未啼歇。

向际边，雁归处，旷野云天阔。踏草群芳，艳丽争魁藏风物。嫣红翠紫，绝色添香飞霜蝶。想留难、别愁肠又结。

清波引 · 梅怨

烟云迷雾。恰冷艳、倩姿弄舞。寸心获露。想俊杰骚赋。幻镜沉幽梦，蝶化归来留住。忆欢眷念相思，风裳湿、泼霖雨。

巫山晚渡。怕飞浪、珠怨羡妒。岸回寻处。驻踪觅还误。梅子树梢泣，落坠芳颜谁负。恨去瞬霎时光，自流未伫。

簇水·荷

轻拂风裳，紫朱翠绿迷痴幻。浅池波浪，萼艳放、情倾开绽。露泻圆盘飞瀑，夜雨羞花瓣。多自暗、灎漾幽婉。

点红幔。向十里、泼云水墨，望未远、轻声唤。喧嚣呓语，尽醉客骚欢宴。见却落魂惊魄，觅路寻回岸。还都忘、归向时应晚。

受恩深·杜李怨

念竞雄魂魄。迷回无处着。凭高谁会正情薄。望远惜归难，假借对酒多疑龊。文事何论度。怕冷月晨寒，晓风还恶。

蕴意藏针沉自乐。错把思量，都付飞笺云鹤。看落幕斜阳，旧时树下秋千索。愁怨庾郎酌。想无敌穷骚，独孤阡陌。

华胥引·望归

惊风寰宇，飘雪愁魂，损招不歇。恶雨狂飙，常知未识随意决。商战弄乱无辜，独享离分悦。拍岸潮飞，尽抛心计穷竭。

未惜人权，毁三观、浊污轻泼。它言何重，掷刀孤扬露骨。云涌心魔横霸，恐有余痕裂。待望回头，落尘梦醒裁撤。

劝金船·眷

韶光流却留春客。看尽多行色。烟波浩瀚难寻觅。掩藏醉情脉。向问天涯，去雁际边云泽。尘梦水天空阔，恋眷谁国。

荒村野墅迎朝日。意在盘穹碧。时回掠影无陈迹。念虚境无极。一掷牵丝，望断玉纤千索。但怕落游幽壑，幻镜乡陌。

玉人歌·香径

春风尽。看十里云裳，枝梢飘粉。震雷惊梦，泪雨掩慵困。花飞萼落思相别，瘦损愁闲恨。

问流觞、清绿遗馨，醉醒未忖。

难理乱方寸。想残月晨寒，满池水蕴。欲露青尖，杏眼漫荷隐。归来寻处迷香径，漫糁谁怜悯。算千丝、但怕无题自闷。

惜红衣·惜

翠叶遗红，清溪泪落。漏题差错。拨断琴丝，风裳掩香薄。荷塘夜月，沉浸冷、招唤魂觉。谁约。素面淡妆，碧空邀云雀。

银笺欲琢。双燕回还，飞桥觅天鹊。流星一瞬拂掠。坠轻跃。微步凌波曾记，梦醉兰舟牵泊。望远山眉黛，扶挽斜阳霞酌。

鱼游春水·柳花

珠花斜沾柳。梦断桃李都怪丑。春思一段，染绿猥茸莨莠。闹莺声喧觅媚眼，飞燕虚剪寻回首。风雨不知，露飘休揉。

攀摘离伤信手。千缕闲愁凝伫久。叮咛尽付流觞，樽前问酒。别怨云飞落西东，过客重逢难十九。痴语旧故，寸心依受。

卜算子慢·自许

枫红落叶，银杏坠黄，漫撒絮飘尘了。迷梦归根，馥郁暗流声悄。隐幽芳、独化虚烟袅。算暮晚、风寒肆虐，愁怀忘却难老。

自许藏香好。想十里和风，寸心深渺。雨润霏微，醉绿泼红春晓。恋来年、未怕花开早。送艳雪、三更玉笛，彻吹谁弄巧。

雪狮儿·幽草

薄裳冷露，轻风细雨，云飞珠沐。嫩草氤氲，绿翠际边归覆。难消剪复。野墅外、牛奔羊牧。天涯远、相闻何处，芳华流速。

夜阑幽孤径曲。想闲丝、雁柱未调声簌。燕子楼空，望断岑山颦蹙。无端泪瀑。思念意、何时能卜。多付笃。漫恋都藏冰玉。

石湖仙·七夕

银河飘渡。鹊桥喜相逢，飞洒甘露。欢度泪垂横，恨时流、离分最苦。经年期约，怕又是、镜虚无住。谁助。算极思、恐只如许。

清眠月残独望，怅韶华、遥思慕侣。未顾风裳，眷恋眸回愁绪。梦醉胡言，觉来情语。尽遗催沮。都寄付。千丝蕴结幽愫。

谢池春慢·雷雨

雷霆休怒，狂飘雨、惊声簌。浊酒最难收，泼水还漂覆。念远垂空幕，昏暗倾天瀑。费思量，何处宿。夜眠寥寂，低泣无归复。

江河溢满，鱼欲跳、龙门逐。但把幻虚镜，都付空名夙。惘惑红尘落，腾跃多颠扑。愁又负，藏婉笃。飞珠云湿，风漏侵茅屋。

探芳信·穷秋意

坠珠玉。似碎银晖光，晶莹翠绿。正水帘慕浅，香暗洞深扑。漾沉欢靥尘红外，系念思飞瀑。把流觞、酒醉琼浆，谪仙倾沐。

半掩拒霜馥。并蒂恋画眉，猜期还卜。忆记穷秋，曼陀意、紫金菊。谷幽茅屋曾惊梦，漫绮罗红烛。尽昏熏，醒觉风寒又独。

红芍药 · 艳舞

天香去国，富贵归故。艳娇独孤群芳妒。惜玉环妍妩。昭君怨梦里，万缕恨、泣沉栖旅。杏眼浴火未央宫，貂蝉牵挂谁府。

半掩娇娘，木樨金屋怒。腻水馨遗西子误。绮燕长门苦。怕叶落秋晚，寒风冷、霎时惊鼓。想红颜、乐土尘飞，柳絮杨花飘舞。

法曲献仙音 · 梅梦

金屋佳人，绮罗朱艳，锦绣嫣红孤魄。倩俏枝横，润丰梢蕾，啼痕泪渍香幄。记笛彻、翩跹舞，清觞几杯乐。

雪飘落。算冰凌、傲霜风骨，空自叹、谁见薄颜瑶萼。魅影舞苍龙，又娇痴、还待神洛。瘦减难辞，怕来年、故旧错漠。漫云霞斜照，醉梦春心攸诺。

远朝归 · 黑洞

毫米波长，见一轮难圆，周旋黑洞。迷寻岁月，奥秘预言谁懂。谜团科幻，漫戏闹、揪心悲恸。相思种。念外星有邻，琼宇多宠。

幽境百亿光年，怕寂极寥豁，独孤惊悚。虚空望尽，斯坦霍金清梦。平行世宙，算无数、重逢应恐。凰邀凤。想何与霸王相共。

露华·尘香

绒花漫拂。撒素净寒晶，缀点烟月。白练银珠，环佩傲霜冰骨。自天与付颜娇，更暗范垂风烈。藏矜宠，云霄晕色，凤韶尤物。

玉琼醉话闲阔。怅梦里相逢，方觉轻别。怕未摘还憔悴，待见思竭。枝漫媚眼迷寻，艳雪泪飞倾泼。春破暖，尘香馥收画箧。

满江红·一带新路

丝路西东，正来去、铁流风物。数千载、情通万里，年陈无拂。旧故亲攀雄杰举，尘封掀起兴豪崛。漫寰宇、和睦共双赢，图壮阔。

同守信，相约契。长互补，飞腾越。看锦衣罗带，舟轮齐发。岁渐繁华惊乐喜，垂青昌盛沉欢悦。尽峥嵘、望不夜天边，牵谐惬。

浣溪沙慢·劝

海峡半百隔，台陆牵思满。万难苦困，缠绕沉愁怨。言道不共，语出知同浅。尤有流离乱。非未顾双赢，毒瘤余、幽游别远。

醒时短。堕落冷风寒，叹黄粱倚美，沉梦自狂，念拒迷途返。日月中华，宗祖漫鸿汉。泪血还听劝。两岸碧云天，惜相依、回归夙愿。

四犯剪梅花·一剪梅

梦里云山，想林花、染遍万千眉黛。倦困冰寒，媚眸还无赖。春幡懒怠。念迎赏、不知多怪。朱紫来牵，傲霜浪漫，满梢风采。

娇颜减、时飞粉彩，翠禽贪醉意，雾迷羞态。昨夜欣酣，把相思都改。闲怀几载。又藏却、暗香虚待。愁觉三更，清眠未晓，瘦红谁解。

玉漏迟·道禄和尚

未生来世约，稔知难歇，待期还误。七级浮屠，一命救回怀渡。念尽菩提会意，暗自为、贫僧穷父。如此许。居士多为，庙堂奉与。

多情应在人间，想梦里相思，幻虚无妒。幼子笑颜，眷恋牵丝留住。不问婆娑妙理，只向望、红尘千缕。争竞悟。都闻佛言空语。

尾犯·春愁

幽影掩魂惊，星霤漾驰，珠露羞萼。心醉寻迷，怕虚藏难捉。正芳艳、嫣红绿翠，恰丰华、娇颜素朴。引吟梁绕，天籁九霄，媚妩望高阁。

佳人归隐处，几缕白练云鹤。细雨愁飘，想冰肌裳薄。怕风拂、轻寒侵扰，更摧残、东君又恶。紫朱化镜，梦蝶肠断孤离索。

六幺令·春令

远山藏媚，雪自空飞落。晴阳过后能忆，一字白云鹤。满树虬枝艳悴，霜冷禽难约。醉醒沉弱。幽游何处，梦里无寻问神洛。

不意东君吹暖，开早梢头乐。嫩蕊羞涩花红，魅影飘千萼。染绿云烟雾霭，着色轻妆薄。信言还诺。流溪又恨，无字天书寄函索。

保寿乐·父亲节

都把父亲来记，笑念辛劳多自惬。望岁去年来，旧貌新容，古今欢悦。梦里云天，醉醒迷玉翠，矜收念思风物。想路外宽窄，景愿宏阔。

但怀愚痴难歇。又怕是、风轻微拂。芳华未虚度，情自喜，业蓬勃。幽独骋万里，婵娟艳娇圆月。但忆往回日，慈颜雾叠。

惜秋华·惊梦

媚眼西洋，漫风裳、舶满帆来新品。烟土瘾成，燃灯晚牵安寝。流觞买办欢颜，虎门怨声遗余凛。长饮。叹欺凌、炮舰临侵危懔。

百载梦华锦。又故国重开，想解忧高枕。欲忘旧、诚意会，觅寻交沁。枉然自恋多空，奈幻隐、惯技还浸。秋稔。恨无收、醉醒封禁。

古香慢·梅香

把心揉碎，倾恋相随，无语谁悔。梦里还思，艳美宠娇妩媚。松竹伴风寒，拂冰玉、凌霜雪瑞。惜牵丝万缕紫绿，暗香慰藉宽睿。

怅破暖、春收灵慧。残月凄清，迷眼孤醉。又望幽花，瘦减岁华憔悴。泼雨黛眉淹，叹辜负、红颜泪坠。想馨藏，怕村墅、错痴绍昧。

芙蓉月 · 望卉

花落柳飞絮，风卷起、昼梦轻飘云际。追寻万里，念伴天涯琼蕊。珠雨霖霖愁困，眷恋挂牵难止。檐下滴，听相思，剪绿染红能几。

清收赖枝卉。想衣襟又湿，行远归未。柔姿媚妩，香袖矜藏芳翠。醉望争春魁首，暗收泪。痴谁会。倾国色，淡妆眉，怕还憔悴。

一枝春 · 归鹭

望远风光，想瑶池、迤逦迷蒙图卷。层叠翠绿，雾坠霁山疑断。枫红浪漫，似沉梦、借秋江岸。归去来、白鹭逍遥，振翅鸭惊浮懒。

轻声绕回飞散。尚盘嬉、夜暮沙洲栖晚。疏桐雨漏，草泽水淹池苑。幽姿幻影，翱翔半百飘云返。凝伫久、独自量思，尽收秀婉。

梅子黄时雨·雨

斜雨抛珠，正空际电光，飞耳雷鼓。想恋眷应归，念丝还妒。花落云裳惊梦泽，萼飘野墅愁千缕。多无语。絮泣闷声，呜咽如诉。

期许。倾情都付。怕痴狂尽洗，沉醉难悟。便雾掩芳华，烟岚洲渚。檐下呢喃言旧燕，际边嘹唳寻归鹭。垂穹宇。几时漫天擎柱。

赏松菊·秋去

风寒沁骨东篱冷，寂寞月梢冰玉。悴收媚眼，露凝红黄菊。柳絮杨花觅处，引天籁、横吹怨曲。叹秋穷，看罗裳尽卸，锦衣凝肃。

黛抹岑山远目。际边芳、翠余风何宿。酒醉伴长夜，梦痴藏慈笃。更念霜花缀满，望尘落、悲怜泪瀑。洒江天，漫虬枝，还润泽沐。

二色莲·别荷

对眼未语，垂目闻泣，珠泻飞泪。渐憔瞬悴，留字渍笺何事。粉艳清池损减，更夜冷、尘秋苍翠。堪别古来都恨，惊惶苦寒摧蕊。

千丝节盘绿，万缕罗裳紫。飘染飞焕绮。润晶子蕴，双鬓玉钗环坠。十里孤村望远，野墅尽、三更还累。残月隐，晨曦晓，藏香暗昧。

塞孤·香魂

觅天香，醉梦寻娇色。妩媚羞颜倾国。苑里清幽难问客。幽径曲，藏宽窄。馨遗处、粉裳蒙，孤月影、云空碧。漫飘思雨，飞泪余迹。

魁首不与争，想寄闻谁摘。独对离觞寥寂。珠露霞笺还弄湿。昏未辨，闲愁极。都放过、逝流年，摧蕾落、收魂魄。算春风、念住无力。

扫地游·暮春

晴阳霁雨，漫杏眼梨花，粉棠桃靥。艳娇媚骨。见东君匀染，紫朱羞抹。绿翠云裳，幻镜虚花掩月。算风物。怕一夜拂吹，几度飞泼。

但思何时歇。想含脉难收，痴情多渴。怨离又别。怅牵丝万缕，绕萦千结。白练江河，难浸繁星空阔。梦庄蝶。恋风华、露珠盈睫。

徵招·春忆

细风吹透枝梢意，收香露珠襟湿。问绿醉樽前，紫染流泉石。繁花都未摘。怕风暖、雾烟难忆。粉黛眉山，艳娇桃靥，漫天羞涩。

归雁自欢欣，相思会、寒芦又飘云泽。旧故寄呢喃，燕归檐下客。落泥沾路陌。流光乱、岁华轻掷。无题字、萼瓣何言，望断寻芳迹。

双瑞莲·暮春

流溪云浸乱。看浅水游鱼，深渊龙幻。氤氲雾露，望断远山霞晚。袅绕炊烟芳翠，问柳叶、莺鸣还怨。幽谷涧。老翁醉意，茅庐寒暖。

燕子剪绿风裳，旧檐问归来，呢喃双挽。嫣红盛茂，长夜清觞愁短。错把年华轻放，怕未解、黛眉难展。还顾盼。绽艳又逢江畔。

玉京秋·惜春

黄叶落。残阳向斜照，抹金衫薄。绮锦烟娥，黛眉艳粉，悠游醇乐。双颊云霞晕染，想风华、琼宇天璞。妆饰琢。望楼朱碧，待闺红芍。

未顾冰寒风恶。正娇颜、吟声细弱。玉笛清凉，期春还暖，东君邀约。杏眼眸回，遍润沐、珠满嫣然街陌。恋思躇。何觅无言信诺。

玉女迎春慢·黎明画展

挥墨丹青，飞粉紫绿。妆淡蛾眉矜淑。野墅堂清，林花村小，风物羞藏金屋。路歧迴陌，疑掩隐、出尘谷。方寸思量，画断虚空，觅寻陶菊。

云帆未归远足。念还余、傲骄贞独。梦里梅魂，与醉玉觞诺夙。柳岸莺鸣霁雨，狂草外、暗香漫径曲。冷月幽芳，和风汗竹。

玉梅香慢·春约

风细催开，飘露润萼。期暖春时多约。绿染云裳，香熏桃靥，烟翠罗纱羞薄。海棠艳紫，相倚伴、醉黄鹤。天际虚高，向远无涯，秀藏云阁。

幽思独孤自乐。想林花、万千辉烁。对饮还邀，几度断肠销魄。晓月凄清照水，应是怕、未言又漏错。杏眼眸回，珠英泪落。

金浮图·难画

烟岚翠。朱红盛季。绛紫云裳，媚娇羞蕊。向芬芳、抹粉藏颜坠。欲滴还休，更怕雨收憔悴。梦里玉觞多醉。流光又去，晚暮谁知味。

沉暗昧。红尘有几。艳绽不时，顺通如意。想天涯望断难重会。都把闲愁，付与黄莺游说。斜柳漫飘得计。风裳绮薄，雾瀑珠飞细。

阳台路·笑梅

萼开早。翠玉珠露润，疏颜争少。算凌霜、漫雪残摧，冰冻拂寒孤傲。如结莹晶，未怕疾风、望牵春晓。凝香袅。更醉怀、巫山云雨娥姣。

薄幸空言难色，隐意会、钟情自了。拨弦琴瑟，念奏向、绿觞清调。东君急、魂英去远，望处翠峰莺闹。林花幻镜嫣红，氤氲烟绕。

黄莺儿·春绪

游思寒夜闲愁缕。露湿冰肌，幽吸呼深，残月凄清，忆念无绪。曾别弄乱莺鸣，困宿成孤旅。远山朱紫枝头，雾霭氤氲，难霁烟雨。

蜂舞。蝶染粉腮颜，燕剪蛾眉赋。艳梨桃绽，杏蕾情狂，柔娇媚妩痴付。缠梦眷恋千丝，翠柳都倾诉。润玉沁蕊飞珠，未怕秋来妒。

倦寻芳·约

梦惊别后，醒未樽前，满地朱落。曲径遗香，雨霁恨春风恶。杏眼桃颜梨下雪，青梅斜柳枝飞雀。渐繁华，绿翠掩珠老，鸣蝉欢鹊。

想是怕、余馨尘秽，泥馥羞藏，凡俗轻薄。忘却离难，来岁待期还约。问觅澄池迷菡萏，窥寻花镜收红芍。又芬芳，彩云裳，漫梢琼萼。

剑器近·三世

问前世。纵眷恋、无缘遗昧。泪飞雨飘余渍。忘情水。奈何诡。暗付与、千年婉委。三生约期来岁。更多味。

尘累。念思难息止。春风十里，正卷起，几许重逢意。平行相隔亿光年，寂寥闲梦愁，越穿虫洞疑异。怕还沉魅。幻入云裳，错把澄觞乱坠。夕斜唱晚沉憔悴。

凤鸾双舞·花泪

天香意，谁争国色，最难藏金屋。西子腻味，昭君梦远，玉环微醉，素娥寒宿。思量处、瑶池几人，尘幽影独。又是满地如茵糁红，归檐双燕，漫遗孤淑。

泪垂雨簌。算富贵、流光飞瀑。念思还住，木樨恨黄菊。唤赋长门，归来去、暗里怨愁闲卜。忧郁。落魄艳魂淹笃。

塞垣春·落花

夜雨摧花瘦。坠艳乱、蜂还就。穷荫树恼，绕缠枝闹，惊萼狂嗅。想丰腴玉骨纤长袖。漫错舞、飞娇秀。恋相思、和风细，绿茵红糁相绣。

梦蝶满梢头，芳心暗、飘露云漏。漾靥忆羞颜，弄潮掩星宿。待藏收、孤独魂魄，休矜恃、忘怀都归旧。但念又难去，最痴时下候。

早梅香·露花

细雾侵寒，似幻影镜花，缀红飘雪。欲滴珍馐，漫弥琼浆，冰玉风骨。剔透玲珑，收艳粉、世间尤物。念化霜，斜阳暮照，晓天清彻。

泽润缀梢枝，沁晶流光自妍洁。感信知微，芳讯探期，浑圆聚睛藏月。僻野村墅，叹春暖、露飞珠泼。又别香魂，相思万缕，绕肠千结。

迷神引·春梦

珠露流光风和煦。缀满梢头羞妩。芳华豆蔻，艳娇幽愫。正繁英，腮颜粉，惹蜂慕。难霁斜飞柳，蝶轻舞。晕染云裳紫，梦如许。

醉眼倾收，暗掩闲愁缕。错把春期，占心数。觅寻萼瓣，念牵思、多孤苦。泪还休，花枝瘦，夜来雨。惊觉三更醒，问何处。茅庐藏村墅，是樵户。

醉蓬莱·信州咏

望灵山福地，幻境仙峰，九霄云汉。夷屏东南，便暴风潮远。日旭三清，神龟献寿，虎啸龙连绻。云碧信江，上乘馐物，广饶丰满。

千古闻香，茶经泉涌，天际回帆，稼轩归晚。论学鹅湖，紫渊星空灿。纸砚诗书，徽雕傩舞，稻源遗珠璨。跨飞高铁，笑迎新梦，八方豪宴。

采明珠 · 春思

不忍听、柳絮莺鸣，江岸流光晃影。满地糁红桃，叶隐藏青杏。绿翠谁狂悻。费思量、幻镜虚花，易去岁华，蝶梦芬芳，来人故旧风景。

难愡惺。沉觞病。醉里问天命。羞未省。润萼露寒，念思灰冷。魁首都争竞。想题名、渍字何遗，但望际边静寄，云霄尘外，去归幽靓。

黄鹂绕碧树 · 惜春

骚客多倾付，娇颜媚黛，艳波朱萼。破暖春潮，见林花绿染，际边红芍。念思旧故，正双燕、寻归巢落。迷梦幻、悟道庄周蝶化，幽游沉乐。

碧汉云空白鹤。向瑶池、九霄烟阁。恋风月、有天香赋国，千福矜诺。雨霁暮阳唱晚，醉绕火烧魂魄。芳华易老时欢，教谁轻薄。

帝台春 · 过年

千里咫尺。牵思梦归急。杏眼对眸，笑靥逢春，藏私云蜜。铁马流飘越壑谷，念相望、暖炉慈膝。盼回来，火树银花，和欢漫席。

辞岁日。收万吉。福寿溢。聚除夕。恋满桌馐肴，酒香馋，更把盏、酌斟畴昔。都向乡邻拜年会，还又别家谢珍惜。竹声响鞭鸣，彻吹飞龙笛。

暗香·菊

秋风吹切。念雨霏寒近，碧云星月。幻影镜虚，颊掩腮红尽欢悦。满地黄花竞艳，妒春芳、馥芬香郁。堪摘时、却落凄清，鬓上奈遗绝。

惋咽。浪双阙。任绮幕烟岚，迎引高彻。老人季节。甘露重阳敬耆耋。更望春来梅去，恋花涌、淡浓香拂。漫山坡、淹绚烂，映空虹霓。

梦芙蓉·芙蓉梦

西风摧木叶。正枫红韵染，拒霜馥郁。溢香金粟，临阁客骚悦。笔头文赋惬。寒宫虚镜空阙。望远云山，念浓妆几变，珠泪送痴蝶。

梦里雍容粉颊。冰玉娇颜，雨漏相思切。月寒残夜，沉醉又离别。落愁余怨结。迷蜂又妒沉靥。姹紫嫣妍，想芳华烈焰，孤独伴朝彻。

西子妆·白鹭

欲落沙洲，觅栖水国，掠影悠飘江渚。传呼振羽正相邀，伴双双、戏嬉欢侣。征迁苦旅。望程远、凄清如许。想归来，漫绿裳芳泽，原荒村墅。

长凝伫。冷面风寒，几度能巧遇。牵思千缕系流光，恰又回、最应留住。烟岚翠雾。满眸瞩、云飞碧树。渐无声，游曳枝梢醉舞。

玉京谣·问蝶

梦里凝思久，艳雪轻飘，忍泪珠倾泼。郁馥余馨，藏收何处羞物。叹月冷、冰玉怜寒，漫颂道、凌霜风骨。春心拂。罗襟漫浸，遗香愁别。

云飞色染林花，杏眼桃颜，黛墨妆淡颊。垂粉虚花，嫣妍眉印消竭。怅落魂、无处身安，更又怕、断肠丝结。寻秘诀。还问觉来庄蝶。

绿盖舞风轻·西子隐

腻水溢香余，醉里吴宫，羞眉淡妆粉。西子风裳，云珠飞翠盖，梦蝶轻吻。别院人熙，想今古、疑书谁信。正娇颜，掩剑封刀，淹倩归隐。

春恨。柳絮扬飘，向望断桥寻，落坠还困。鸟语呢喃，未思量、暗自寸心愚悃。十里馨香，念多意、情倾难尽。照斜阳，久伫恋迷追忖。

月边娇·花序

春染林梢，看嫩绿飘枝，嫣红丹紫。漫飞杏眼，沉迷粉黛，火树闹花琼蕊。漾靥桃颜，醉岸陌、牵思珠蕾。云空梨雪，烛泪会、留芳柔美。

万千丝雨青梅，牡丹倾国，芰荷朱翠。拒霜黄菊，凌霄九里，寒损暗香憔悴。谁怜玉碎。望破暖、丰华铅洗。涟漪荡皱，浪满坡芳卉。

长亭怨慢·柳

望斜瀑、千丝万缕。眷恋牵思，送伊归处。雨霁烟岚，低飞双燕觅姻故。欲言还漏，眉叶字、留春住。溪梦坠流红，怕湿透、错沾遗语。

凄苦。叹枝头绿翠，未理鸣莺愁绪。晓晨雾漫，又夜听、深情倾诉。怅风月、瞬霎时光，算星岁、艳娇芳序。念笑靥藏馨，幻影醉酣痴妒。

留客住·孤鸿

幽游客。漫汀洲、虚迷无计，晓月孤寒难息，流觞余迹。更怕冰消最冷，未暖侵骨，截断云山谁伴，醉念相逢，尘红又牵曾惜。

梦云泽。北望问芦花，天涯空忆。边际残霞，夜籁终归寥寂。算就惊魂巧见，魄飞还陌。隐影寻觅都落尽，待归去、混缠但解怆恤。

昼夜乐·难遇

念思难解东风去。想无缘、何相遇。罗茵绮锦红糁，山外寥萧玉絮。未道云天知归处。向地角、问询愁旅。惊梦际边涯，断肠千丝缕。

年华算尽还如诉。把牵情、都与付。欲留眷恋痴倾，又恐芬芳恨妒。斜柳蝉鸣秋来晚，怕只是、错理疑误。残月落孤零，夜长空自许。

逍遥乐·含笑花

深嗅腻甜香味。梦里清觞，珠滴未酣都醉。笑靥云裳，媚妩矜含，念把春宵长寐。玉洁羞蕾。待芬芳、绽放嫣然，怒开痴蕊。月隐晓风残，几赋纯美。

飞露尽收朱紫。不沉幽馨焕绮。镶黄坠环佩，相与以、寸心翡。争魁竞首远，孤自怨愁闲倚。流骚断魂余泪，思谁能会。

忆东坡·苏梦

太守猎空城，赤壁沉虚梦。明月照冈尘封镜，肠断余悲恸。把酒问天寒极，婵娟万里荒黎，烛泪惊涛涌。朝云暗念，何处芬芳草非重。

幽游孤影，乱絮杨花弄。几分春色迷惘，心碎谁能懂。江浪急流拍岸，千秋穷尽沉浮，执固疑难宠。文章今古漫兴，风雅传称颂。

并蒂芙蓉·谷雨花飞

细雨微飘，正谷幽雾湿，氤氲珠露。娇艳落英飞，悴颜慢凋苦。垂茵糁红满地，柳岸莺鸣泣如诉。萼归几渡。暮春淹、国色余香千缕。

瑶觞醉醒梦蝶，洛阳城外锦，琼花还赋。瘦损念谁收，摘枝寄难与。留遗恋思未尽，错坠红尘倾情误。怨愁却付。想年来、怕还多负。

黄河清慢·龙腾

珠海群英标秀舞。凌云飘叱新弩。铁甲挂披戎马，腾蛟如虎。千里疆垣傲骨，九州卫、雄魂劲旅。“病夫”康复重生，铸梦兴、一诺如许。

飞蛟抹过天穹，回眸望、眼睛蛇跃乾宇。避隐鹤身，拨动花轿簇羽。满地山猫更醉，炫芭蕾、惊龙戏鼠。春阳倾沐，旋风急、武姿齐楚。

春草碧·江南烟雨

露珠飘漫空，正雾弥雨烟，天际云水。迷三月，江渚掩芳影，靥桃棠紫。幽兰径隐，坠翡玉、莹晶沁蕊。桥洞漾映，摇船慢，似听曲吟细。

羞媚。抹岑山黛眉，染老林绿景，未画都醉。丹青笔，泼洒万千墨，弄谜红翠。灰墙码头，更难别、相思绪意。最梦镜花，还匆去，忆嘉卉。

绣停针·萼梦

漫萼落，咫尺际边涯，觅远归处。斜柳莺迷，回燕闹喧，翠绿瘦红轻暑。念藏村墅。恋故旧、疑难期许。翠圆露泻云裳，粉腮染红矜伫。

还寻满梦渚。岸浦掩媚艳，幻飘珠雨。隐影柔娇，淹映镜颜，虚掩碧空琼宇。想谁痴误。怕暗自、哀情倾诉。靥沉羞涩，怨愁赋闲又妒。

双双燕·梦落婺乡

婺江岸绿，小桥伴溪流，老街喧嚣。灰飞土瓦，雨滴落声吟调。花岭油茶蝶笑。傩舞戏、鸳鸯悄闹。金秋晒漫盘飞，水印灰墙斜照。

徽耀，荣归暖轿。念栋画梁雕，茗烹香窍。紫阳梳理，格物致知星诏。春晓江湾景曜。水墨淡，鄣山风貌。龙尾琢砚金星，妙笔润花恰好。

孤鸾·忧

梦飞朱阁。想离别馨香，碧霄云鹤。白练牵丝，欲借千秋寻索。思相遇难幻镜，度年华、鬓霜飘错。怕见天涯芳草，又把倾情薄。

念南枝、傲骨冰肌萼。翠禽醉归来，问闻神洛。瘦粉藏娇艳，淡妆沉吟乐。怨愁未留竹马，伴青梅、倩魂标格。横缀虬枝谁摘，但寄还轻诺。

陌上花·江南春

梅疏晚落香残，霞隐晓晨珠雾。润蕊枝芽，寒卷翠微兴赋。淡妆秀拂娇颜抹，俯仰燕飞双舞。想东君、泼雨弄晴和暖，嫩梢思慕。

又惊潮、水满流溪涨，白鹭沙洲烟渚。陌上坡田，染绿叠黄梯布。紫朱满野林红媚，倾缀繁华幽愫。醉云天、幻镜红尘酣梦，艳芳如诉。

福寿千春·接福

接福龙飞，欣欢凤落。地暖围屏低幕。座椅作床临产急，隐影毛头露陌。瞬霎冷风声啸，侈阔成闺阁。嫩娇颜，粉朱腮，母安女娃拜洛。

喜迎紫菊红芍。想云珠蕊黄，沐润花萼。盼倩嫣然，丰姿楚腰柔，银铃翠鹊。春态玉环醉，窈娆迷人乐。着红纱，薄罗帐，待邀时约。

水晶帘·难度

三世期时约。待还问、情思轻度。对酒清觞，念醉坠红尘，镜花孤鹤。觅尽三秋香桂郁，更恋卷、云裳玉阁。奈何狂，浅绿杯空，绛朱萼落。

痴心寄奇璞。想残荷十里，遗香余薄。算慕倾西子，但难拜洛。风月惊寒应照冷，又都是、浑如夙诺。晓晨收，珠露还凝，把樽细酌。

三部乐 · 黛玉吟

还赖风寒，渐朱紫瘦颜，艳娇飘雪。暗香藏袖，乍忍残英还别。觅净冢、泥掩花魂，不肯随浊秽，碧丝冰洁。泪飞满天，寥寂泣声无歇。

怡红一梦虚幻，孽缘都道是，镜中愁结。潇湘泼天夜雨，云珠倾竭。鼓锣喧、九霄笛彻。焚诗魄、袅烟尽绝。归去自恨，良宵怕、金玉来决。

无闷 · 春信

嫌早花开，恨晚萼落，雨霁氤氲寒暖。嫩蕾隐梢枝，积阴风软。水雾云山池满。料未怕、玉兰娇颜绽。浸露冷、晶沁冰肌素淡，客骚娴婉。

幽远。渐昼长，向夜短。染绿匀红愁断。望期艳靥，错遇杏眼。谁约过时繁乱。想粉雪、藏香遗梨苑。岁自老、羞尽芬芳，涧溪木叶又怨。

月下笛·南海阅兵

南海微波，兰舟聚散，掠惊鸥鹭。谁思剑舞。但邀骚客留住。海空沸闹浮飘乱，想又向、三沙岛屿。漫风云残卷，雷霆鸣奏，更掀飞雨。

烟渚。何如许。记故旧船来，惯曾长驻。瓷商丝贾。祭魂遥慰先祖。“病夫”梦醒方知怖，天际近、强夷铁橹。迎涛浪，踏星程，移岸弹弓较弩。

玲珑四犯·北大中文120周年

百廿岁年，纤尘风月，寻遗贤圣潮涌。望重生浴火，念续延登学。长谋为新筑梦。恨昏沉、掩迷征痛。白话渊深，国言文脉，风卷起萌动。

繁星聚、挥旗勇。算流光变易，华语成宠。道分离别苦，俯仰通灵共。中西治学倾今古，更环顾、矜吟传诵。思信奉。还痴觅、来声又送。

丁香结·同桌的你

头发谁盘，嫁衣谁做，醉靥对谁斜过。笑哭吟声和。算念想、笃信都沉无磋。橡皮余下小，银笺纸、未擦已破。朦胧心动，却怕错等知期九锁。

何那。恨暗自愁猜，更负同桌虚座。碧玉云霞，流红草绿，燕飞空贺。难怪斜日慢落，意会还骄懦。问西东照影，又梦归回听课。

歌词改词，获歌诗大赛优秀奖

琐窗寒·汨罗寻

急桨翻掀，波涛浪涌，鼓鸣催箭。江边跃动，幻影流觞飞眼。正喧嚣、鱼沉惊骇，凡尘混搅龙宫乱。想客骚旧故，赋愁千载，别离何远。

歌晚。云烟转。念思更酿进，酹还三碗。牵丝霖雨，漫涨星河江岸。恰耀芒、穹宇银花，谪仙静寂相邀伴。慕人间、遍地华光，正焕颜丰满。

大有·无堪

四十华年，几分书信，忆去来、曾驻春梦。念难回、朦胧望断飞凤。秋怀未尽罗衫薄，想题字、银笺还颂。眷恋故苑无堪，酬应待期擢用。

量思过，行意动。何顾鬓霜飘，坠寒谁懂。孤月清觞，翠减瘦红劳冗。欲付墨枝琼蕊，虬龙向、梅开香笼。怕沉醉、弄巧愚痴，闲愁怨宋。

燕山亭·2019

剑拔云霄，弓开浩荡，腾跃波涛空阔。沉水潜深，玉兔穹宫，奥宇觅寻星碟。万里牵缠，照背影、一轮弯月。蓬勃。算古今骚客，几时风物。

还望南海礁岛，正巡舰归航，汐潮轻拂。醉梦明珠，晖耀门庭，江口索横连截。商战余疑，想断判、掸尘消歇。兴崛。都念恋、和邻欣悦。

聒龙谣·问宇

飘逸魂灵，智能算法，脑宇幽微致极。千亿光年，寂寥淹消息。解枷锁、黑洞星云，有几维、并行余迹。费反思、量子迷蒙，恨知少，怕歧陌。

单函数，绎多元，幻梦邀对酒，长生孤客。寒宫宙外，镜花空虚域。想温室、难觅家邻，似天设、坠愁私密。问疑题、与寄金笺，向谁无力。

催雪·雪

珠露凝霜，凇雾细塑，千里飞飘洒泼。望玉液冰壶，冷宫寒彻。风暴绒花魅影，似又向、狼烟狂倾拂。莹晶坠梦，琼华幻镜，却尘风骨。

淹没。落时霎。看皓素昆仑，淡妆云阔。怅还怕、无香暗藏难歇。沉醉流觞不醒，恋相伴、孤魂梢枝绝。想化暖、朱染红林，但掩破春愁结。

秋宵吟·梅吟

念芳华，最易老。幻影云山缥缈。春江水、拍浪望东流，载愁归杳。想层楼，怕遇巧。未问鸣鸡闻早。相思意、却负素娥妆，月残羞恼。

绮锦欢眠，又折转、千丝缭绕。翠禽低泣，宋玉肠牵，更醉落尘闹。都恨孤魂悄。露浸肌凉，珠泼料峭。薄罗裳、夜冷惊寒，腮粉娇艳独自傲。

三姝媚·重台蔷薇

路边丛倚景。漫小苑墙篱，附攀繁盛。买笑千金，胜绝佳人靥，却遗孤影。牵惹芳姿，常易忘、顺依山杏。争艳娇颜，吐竞香馨，落飞方醒。

荒野重台轻靓。望月季眉梢，醉沉幽境。翠蔓烟花，想玫瑰腮粉，遽淹瑶镜。满目红黄，云鬓染、霓裳清映。还缀村乡深院，风吟暗咏。

月华清·问茶

片茗飘香，沉杯弥久，雨雾珠沐寒暑。腾沸催盈，素手暖云轻抚。明前月、丰嫩初开，渐谷过、万千朱户。林圃。想瑶台昏夙，人家归处。

残夜清觞未煮。念雁字幽游，独鹤孤旅。凉绕轻吟，烟袅无声何诉。甘醇润、沁蕊痴藏，尘梦碎、惹春还妒。休误。算余馨缠结，闲愁丝缕。

飞龙宴·冥想

平行维度多，光波显隐，无多可见。引力时间，影藏难觅稀罕。暗物能知太远。隐背景、射波微漫。寂寥静冷，千般寒极，岁月三生短。

星满。寻觅邻家伴。宇穹迷虫洞，发癫疯转。幕黑银河，自生密码沉卵。纤指基因细剪。万千年、绿珠花苑。落尘杏眼。飞英萼瘦飘轻浅。

御带花 · 牡丹

繁花争尽拼魁首，粉艳孤傲寥寂。漫飞朱紫，看杏眼桃颜，海棠羞涩。绿翠嫣红，念付与、天香国色。相思意、云裳薄彩，妆淡倚情脉。

红尘喧嚣梦幻，恋燕榭琴吟，呓语藏蜜。指纤腰瘦，想萼瓣丰腴，玉环珠碧。向坠清觞，掩百态、弄骚雅格。和熙暖、魂惊媚妩，蝶悴醉无力。

定风波慢 · 问梅

问归来、香暗芬芳，漫飞雪花狂落。冷碧云霄，天高咫尺，妆淡还昆岳。素颜娇，玉琼阁。望断巫山觅仙鹤。踌躇。怕瑶台重见，痴情却薄。

卜期自心琢。向南枝、数点朱红萼。伴悲羞，墨染斜横倚竹，抛泪东风恶。结千盘，都解借。未信酣言是轻诺。谁酌。梦里嫣然，幽娴天璞。

念奴娇·京韵

玉桥金水，故宫墙高禁，数重门闭。堪比皇城根下雨，京韵京腔精粹。烟绕幽州，勃兴竞历，绎尽风流绮。燕山锦绣，继延绵绶金紫。

染遍香苑枫红，长街十里，湖海风光旖。行串胡同寻旧故，门当横楣相喜。脸谱泥张，歌吟杂戏，烤鸭酥皮脆。密云空碧，五星升起华美。

解语花·紫阳桐花

桐花醉岸，影映寒塘，朱子沉思久。探芳时候。问言与、欲辨鹅湖对手。渊深陆叟。风骚几、功成渐就。问雨晴、青石明笺，还忆谁矜负。

痴理拳抱涵受。念落英满地，暗香高阜。谪仙星宿。似流柱、教化四书锦绣。云山霁岫。待心学、东瀛撷取。更望归、思正揉回，悟错如虚谬。

绕佛阁·回念

满园绿翠。环佩似缀，镶嵌朱紫。香馥琼蕊。恋迷夜月、风裳漫罗绮。远山浅醉。孤魄落影，流别寻媚。忆记都碎。隐幽凝伫，盈眸暗飞泪。

细雨赖梢露，故旧千丝多秽累。铅洗黛眉、馨余还又喜。伴梦觉清眠，遗字溪水。几窥珠蕾。想万里游飘，归觅愁垒。望天涯、寸心谁会。

蜡梅香·暮春

雾细氤氳，正掩闪沉雷，晓残烟泣。一夜倾丝雨，想涧溪红糁，沉觞虚碧。多少娇颜，都瘦损、怨愁无极。又怕题难，余笺待写，渍遗绡湿。

飞絮漫天涯，念思清幽静，听檐寥寂。恋早双飞燕，翠绿剪、珠英萼红摘。十里风裳，谁寄与、池塘荷色。物华铅洗，相邀影对，待期还惜。

大椿·荒宇

幽梦遐凝，渊虚幻游，虫洞何时开闭。沉静望奇邃，探远星云绮。疑问寒空寻暗物，怕错过、归去回轨。萦牵极速驭光，巧搭飞驰流彗。

苍穹醉觅邻友难，隔碍寂寥，竞渡天咫。月岁芳华短，亿年愁电掣。流光更漏还痴恋，有三生、红尘来世。唱晚邀期，逍遥时、日亲余贵。

八音谐·辞荷

移步觅芳踪，深映潜幽影，迷蒙淹隐。翠损坠横纵，绿垂枯枝近。涂黑墨黛丹青，但忆记、娇颜腮艳粉。漫弃舍、梦虚花镜幻，魂销香尽。

十里残荷欲化泥，望断暮秋水，夕晖忧悯。寒雨细流愁，落尘沉遗恨。暗藏轻去年光，怕错会、负辜思忖。不叫照孤灯，待再约、春时润。

绛都春·三九梅紫

丰腴玉指。想七弦吟音，三九飞技。拨断云丝，幽馨烟袅绕梁止。冰肌露滴书沉纸。向谁寄、南枝琼蕊。艳娇难梦，嫣红未觉，暗香闲靡。

梢缀。霜花倩影，数朱点、浪漫万千珠蕾。寻觅翠禽，魄落魂牵神洛魅。无声天籁痴灵卉。问何把、淡妆掩媚。虬枝古墨横斜，念思恋醉。

琵琶仙 · 寄月

星隐中秋，望西子、印浸三潭烟薄。金粟香溢幽深，流光耀仙阁。堪对眼、柔姿粉艳，又罗绮、楚腰纤弱。菡萏秋波，风荷十里，天籁声乐。

有瑶聚、千嶂婵娟，弄骚雅、檠还醉修爵。云外凤池邀宴，影飞如期约。西冷璨、飘凌画卷，把玉浆、泼洒豪酌。照拂芳苑明珠，挂魂牵魄。

东风第一枝 · 木樨

不羡林花，未欣梅傲，菊黄无故还妒。瑶觞惜忘芬馨，幽谷矜藏芳绪。风寒惊露，尽卷起、腻香千缕。怅径曲、漫粟飞时，肠断泪珠思雨。

谁怜悯、秋水孤伫。怕艳娇、落尘无住。漏题沉叶呢喃，错解枫红余语。满梢金玉，算谪仙、慕倾愁赋。叹桂宫、邀约离骚，却把碎心轻负。

春夏两相期·无望

漫风荷、绿裳轻拂。嫣红染点丰颊。水露清池，鱼跃碧空通阔。铅华娇艳素娥妆，媚妩眉山霞云抹。曲径幽湾，莲盆悠炫，喜颜欣悦。

飞天掩隐胧月。想对歌邀约，暮思相惬。醉酒香余，离别又遗凄切。孤魂魄落坠冬眠，魅影斜横缠秋结。梦里呼狂，宙宇踪迷，玉宫圆缺。

垂杨·桂影

飘金撒玉。想藏渊水岸，径深幽曲。满地珠英，尽吹凄落馨遗谷。天涯何处寻归宿。念秋水、伴谁昏夙。怕孤零、空载一舟，依旧愁还复。

长恋尘红郁馥。望甘雨润泽，露垂珠沐。更待如期，黛眉迷醉弦丝瀑。茗香缠袅沉悲独。漫襟湿、声低泣簌。把牵思、揉进潮寒，余婉笃。

雪夜渔舟·北望

久凝目。白影漫悠游，掠云飞速。轻舞凌波，微吹拍浪，情嫩稚狂疯逐。珠飘风沐。渐气盛、羽衣初扑。囚沉似浅，冲腾如箭，倒江频督。

正沙洲泽国。影疏空荒野，寂寥腴沃。实果秋余，鱼花未捕，暗自纳收丰福。待春望北。更共与、聚亲齐族。寒疆塞远，南回归梦，信言崇笃。

惜寒梅 · 惊梦

晓月沉西，帐香闻、怕有艳娇飘落。梦里迷狂，雅态柔姿浅酌。绮罗衫薄醉修爵。弦丝拨、吟音伴乐。丰肌脂玉，素蕴冰心，婉和灵觉。

还疑未醒蹴踖。想天涯际边，浪涛泛泊。尘远云山，壑谷羞藏秀阁。愁思春暖妒风恶。漫粉雪、媚残别萼。泪倾飞舞，离殇暗昧，魅影销魄。

惜花春起早慢 · 花痴

问相逢，几时重、算就未解愁结。千尘困春幽绪笃懒，但却思念难歇。岑山又染，闻翠禽、梅子青叶。落魂惊、不意付清觞，孤傲风骨。

藏香对酒樽前，还待约归期，渍泪留别。云天幻虚际远，隐疏影、镜空迷靥。繁华盛茂，催柳莺、杨花飞拂。杏桃情、牡丹倾，醉把轻荷都惜。

满朝欢·踏春

飘影遮花，树梢人面，闲愁粉艳羞涩。十里风光萼瓣，曾几惊怵。何时落损，怅难计早开，如期还失。雨霁漫珠，晴阳润露，嬉游应恤。

争竞芳华媚妩，倩秀纤柔，未掩娇容姿色。抹朱扑绿，觅遍尘红余迹。憔悴眉颦，梦轻红瘦，但怕烟云又泣。忆昔古训如知，还记今言怜惜。

马家春慢·孤影

轻舞翻飞，觅牵宿伴，欲往瑶台归处。怕落沙洲，奈云梦寻栖游旅。微抹眉山墨黛，玉珠漫飘谜烟侣。独影凄声掩风尘，泪眼倾如雨。

量思旧盟鸥鹭。念如期约待，难再邀与。雾霭氤氲，夜岚寒彻，愁丝千缕。无有音闻讯问，但信笃、据凡相顾。想破暖林花，绚烂娇颜还妒。

梅香慢·别怨

寒夜飞珠，梦里坠虬枝，破春难歇。念把娇颜寄，却自藏香暗，恐还长别。冷落遗霜，疑又问、横斜都折。傲魄伶仃，惊魂独寂，缀梢残月。

收起赋闲愁，隐淹悲哀怨，欲泣吟咽。玉笛声吹彻。望断朱红点，绿飘欢惬。不意争魁，算冠首、孤高风骨。雨醉烟花，云垂雾霭，碎心缠结。

玉烛新·梦梅

朱颜初露嫩。想独傲凌霜，艳娇倾粉。雪飘轻簌，纷飞落、满树熏笼香蕴。虬枝萼缀，沁蕊玉珠轻沐润。思寄与、梦里冰心，林花早开应趁。

瑶觞昨夜惊魂，翠禽最知情，倩藏羞隐。醉酣未尽。相会意、付与呢喃言信。觉来自忖。骨朵暗修沉丰韵。多镜幻、残月流星，回眸一瞬。

六花飞·沉梦

蒙迷雾漫，坠珠凝露，恋问天香落。泣哭千红，艳飞翻花萼。勿愁休、芬菲渐苒，奈水月，虚镜浮花朱颜薄。想凡尘、多少怨离，沉醉未知觉。

无常又曾恨，闹惊魂断，净骨垂泥浊。黛眉浑减，岁华芳菲错。掩草冢青倩影幻，叹自古，梦里堂皇遗孤鹤。夜残幽寒静，拂风何寂寞。

映山红慢·清明

酹酒清江，向老祖、遥空拜拂。想夜黑难眠，晓晨逐困，尘间馐物。烟飞纸烛风轻没。玉觞还把亲情说。云水映山影，嫣红翠紫虚泼。

传月岁、龙嫡千秋，思念意、香枝繁发。长望久、萼花润露，沁蕊飘珠奢阔。乡邻送远相留住，客来时短休离别。绕缠愁结。怕遗忘、微寒食节。

真珠帘·空念

湘灵不见东坡急。问渔樵、故旧相传遗迹。泪竹低吟，残月影藏羞涩。八百烟岚云泽梦，漫洞庭、涵淹魂魄。闻璧。念空山幽谷，瑶琴雅瑟。

远忆。牵思尤惜。奈芳华、一瞬千金虚掷。对酒待欢时，欲醉都曾昔。题字银笺珠怕渍，漫念记、知期何夕。谁识。待流光还驻，九霄霞碧。

曲江秋·齐力

流光独绝。“病夫”又复来，化功机捷。师教振兴，无穷学子，四十年华决。齐力更奇崛。寸心尽，量思竭。难易从头，掀翻至尾，半途谁歇。

不屈。凌霜傲骨。算封堵、飞飘艳雪。暗香藏袖蕴，孤沉自念，新创腾空阔。立信共双赢，寰球炎热具风物。骋高铁，星云艳娇，北斗系天和惬。

翠楼吟·春思

雨霁晴阳，珠飞露湿，愁眉淡妆桃面。娇颜憔悴损，怅春去流光偷懒。微云山远。怕燕子呢喃，心思传晚。无功返。欲回檐闹，却归幽婉。

宿怨。秋水盈眸，恨晓晨风月，未言谁赞。柳丝斜弄舞，漫千缕牵思飘散。留香西苑。念叶醉流红，溪潮清浅。还初愿。碧空霞袂，靠帆舟岸。

舜韶新·禹韶

漂水乌篷，曾载禹通渠，烧荒云泽。劈疏壑谷，还解连环结，河江遗迹。霞梦巫山雨，更未怕、炊烟风叱。九州归来属，不淹别家沉溺。

岁月千秋，则百风华，孤影浮尘，独余澄碧。唱吟飞凤，大业封禅事，和亲龙笛。贤让成初国，向浩荡、东升朝日。梁横寻砥柱，迷痴后生骚客。

西平乐·竞春

望断清云霁雨，回梦惊寒色。满地朱红悴糁，空碧飞珠漫露，梢树氤氲孤迹。难淹姹紫，雅意妖娇标格。竞华魄。

桃靥漾，梨杏客。赌尽芳华香艳，又妒泥馨郁馥，万里扬街陌。算去影、头魁未极。芬芳盛茂，季花繁丽，梅未恋，牡丹惜。翠伴羞颜黛墨。柳莺怕老，还驻流光露湿。

望春回·琴梦

七弦颤涩，未拨沉指纤，音自思拂。波乱岸微吟，望断水低咽。心香烟萦怜姌袅，问馨倦、阆苑声方歇。闹红愁怨，绿收引恨，梦惊轻别。

清觞夜残念绝。怕万缕云丝，缠绕风结。难弃驻流光，却遗泪盈睫。藏花掩萼幽客远，更飞珠润蕊虚空阔。岁来余馥，逢时郁抑，是月圆缺。

水龙吟·荷韵

渐翻尖角飘珠露，十里云裳羞色。粉红瘦影，嫣然笑靥，漫池水蜜。欣喜眉梢，惹秋盈眼，绕缠幽泌。念黛娥映媚，芬芳娇妩，际边外、空天碧。

尤护娇颜还惜。似含情、万千窘涩。丰腴润玉，柔姿摇曳，离尘幽寂。子蕴莲蓬，脉藏琼蕊，馥香余迹。拂微风绿翠，波光晚籁，玉龙横笛。

斗百草 · 日食

后羿幽游，日遮难射金环满。万里云山，九天虚境，荒岛落飞看晚。想余晖、映照海峡平，风帆不远。念彼岸同宗，江湖脉血，夕阳牵暖。

还想芳华不老，携手双门，横跨壑沟回陆短。日月源深，浪琴清响，几秒分、思相结伴。情如水，千古流觞醉时侃。夜来转。缀星光、神州又盼。

上林春慢 · 花娇

杏眼盈珠，桃靥漾波，粉雪梨花迷梦。妩媚雍容，娇颜墨黛，芬芳自成鸾凤。蝶蜂旧故，念丰润、陌阡香送。薄罗裳，想残月夜寂，岁华沉宠。

恋梢枝、瑞烟雾重。嫣红醉、豆蔻风骚曾弄。翠禽未觉，凌霜孤傲，荷花玉洁谁懂。陂塘十里，漫池镜、浸星云颂。拒霜愁，怕寒急、菊黄惊悚。

宴清都·海棠花

嫩蕾枝梢引。方欲绽，翠芽樱口矜谨。飞珠沐露，掩雾润雨，艳娇幽隐。余寒未去归眠，更又怕、晓残梦隐。但念想、腮颊匀红，金笺封寄芳信。

罗裳染紫风骚，丰腴腰细，柔姿烟鬓。碧空粉影，落霞遮半，薄云幽韵。相思呓语难述，藏羞涩、言痴倾尽。向西府、琼玉微香，岁华素蕴。

花犯·梅影

又风寒，眉尖初醒，含苞傲霜雪。缀枝梅泼。烟冷漏珠帘，飞绣针拨。娇妍妩媚红颜拂。穿云丝血月。漫锦帛、霜天凉暮，朱纱尤透骨。

浮飘画影恍眸盈，冰凌冻俏薄，情痴心物。轻自问，林花放、挂梢堪折。听吟引、夜寒窃笑，尽呓语、梦思相婉悦。望鹊跃、弄音惊喜，春来妆淡颊。

倒犯·春愁

冻柳、绿芽珠蕾藏，雨飘风细。烟云嫩蕊。芳华苒、破春潮水。桃魂杏眼、都付娇颜浓妆紫。艳雪漫梨花，馨馥熏葩卉。望天香、玉梅翡。

千缕柔肠，万籁音吟，留遗都妩媚。翠剪醉双燕，满空舞，蜂蝶魅。但错解、相思意。把痴情、倾付多难会。寻梦驻流光，未觉揉心碎。一江清酒对。

瑞鹤仙·棠谢

满梢枝瘦损。露珠细，弄湿腮颜蝶粉。心愁乱方寸。念去远，过海渡洋飞遁。挂牵待引。奈觅寻、娇艳倩隐。叹香收自恋，英落泥馥，掩藏愚悃。

双燕曾传呓语，听檐留言，雨丝丰润。花繁凤鬓。东君怨，翠禽恨。漏光阴，十里春风飘去，如许弄错缪紊。算相思梦近。笺湿寄谁笃信。

齐天乐 · 梅早

玉珠沁蕊娇颜染，凌霜望春愁晓。香暗矜藏，翠禽欲住，风拂冰肌寒少。念思未了。怅玉笛笙箫，吟歌喧闹。冷月横梢，流红溪簌漫缥缈。

几回梦里骚客，把瑶觞对酌，醉魂惊窍。如约还期，相邀待许，错解花开又早。云霄料峭。叹满树虬枝，缀英羞貌。冻雨倾飞，想痴蜂又恼。

花发状元红慢 · 粉雪

辞春怨暮，别粉愁闲，念娇怯妖靥。朦胧素月。照孤影，国色凝香还绝。幻镜琼蕊虚，非是浊间尘风物。想瑶台，万里嫣红锦，独秀芳歇。

绮薄罗纱层漫，富贵雍容，媚颜仙骨。泪雨霏霏，玉曲彻。怕还恋、梦蝶欢惬。恨天飘雪艳，珠蕾萼飞遗丰悦。落相思，坠乱弄断肠，丝缕缠结。

瑶华·燕子晨梦

云空天阔。梦远迷寻，觅念还难歇。霓裳掩隐，幽影幻，想恋思称惬。朦胧虚镜，雾烟霭，清寒微拂。慢逸飘，如在桃源，误入仙家风月。

未知燕子层楼，有玉竹珠帘，罗绮尤物。琴吟续断，声又黯、怕是又催离别。红飘艳乱，落满地，丹青梅骨。待觉来，何处香丘，院外似闻呜咽。

曲游春·春阳

雨霁风和细，满山莺声急，人影踵接。老少欢颜，喜晴阳一霎，赏花怡悦。映岸羞桃靥。游步道、竞春争绝。漫馥馨，绿紫春裳，骚客不尽难别。

踏节。匀腮粉颊。恼困玉珠帘，烟霭都厌。雾惹凝愁，怕穷阴又碎，碧云还歇。但享今时惬。便付与，丁香千结。更醉恋向瑶池，梦庄化蝶。

竹马儿·云影

空寒水云连，孤帆远隐，黛岑无际。正寻栖岸息，沙洲泽梦，腾欢游徙。白鹭幽影愁闲，飘飞幻羽，迹流奇诡。凝伫望江天，漫霖铃，珠露氤氲甘霈。

听唳嘹声泣，凄凉雨细，怨悲尘洗。时牵断肠归意。又问芦花残蕊。雾霭湿透罗襟，冷风残夜，谁误瑶池事。林花待暖，又恋芳华昧。

雨霖铃·穷秋

曾开羞涩。艳娇争尽，绝色倾国。嫣红粉紫媚妩，飞花竞妒，丰腴无极。掩隐雍容富贵，寄思却难摘。怕错念，迷梦巫山，付与痴狂是骚客。

浮沉自醉余寥寂。想孤零，暮雨藏情脉。刘郎恋处桃靥，风渐老，暗香留迹。望断云涯，时醒东篱，幻镜欢席。算露润，黄菊沾珠，吐蕾芬芳惜。

还京乐 · 电游

幻虚境，长念相思意绪沉自梦。想排名瞬变，霸天业改，知谁能懂。享万方惊宠。力开戒杀风流痛。算项羽，挥剑穹宇，飘尘青冢。

智擒愚勇。似卧龙空计，江浔借火，纤指键盘滑动。烟飞渐灭终时，想幽墟、客尤传颂。但重来，如又决雌雄，高低一统。落幕休屏隐，缚龙金帛还凤。

双头莲 · 愁雨

几响鸣雷，早春惊醒，风雨急敲，西窗慢漏，点滴泪珠，湿破碧空云薄。信期约。潮水霖潦，流池江满，飘露润梢，飞朱遍染，淡抹黛眉，醉把花开萼。

问沙鹤。都北归影去，烟遮栖泊。梦泽银波，壑沟芦荡，向故旧盟寻落。愁思千缕，呓语留遗，对眸觅乐。算还怨，错时多，但忆记言诺。

忆瑶姬·快刀

念半垂商，行书致雅，琴吟泼墨飞浪。还借春来秋唱。绽放流漾。云天弄彩霓裳绛。细雨泽润封纯酿。万般欣、喜鹊梢头，拒霜菊黄又赏。

易老芳华未忘。恋无言能懂，谜语难惘。邀月晚来幽影，对眸相向。但惊梦呓疑痴想。问何愁，湿心潮涨。怕多负，断水快刀轻斩，飘零不枉。

西江月慢·荷花忆

清池蕴墨，秋水荡，藕花风雪。千里问婵娟，人间还是，素妆轮歇。恨忘怀，菡萏娇颜，念思难见，泪飞相别。怅露珠，细雨青荷，谁把怨愁结。

想化境，庄周迷梦蝶。算老子，玄虚道绝。寒浸星云寥寂宇，醉摘捞沉月。怕易老，翠减风裳，时遗孤影，落余残叶。但忆记，春妒玉肌丰润洁。

杏花天慢·暮春

飞绿飘粉，藏紫收艳，来绽牡丹羞涩。萼瓣珠露润，正沁蕊，风染娇颜倾国。云裳黛墨。恰浪漫、天香姿色。怕燠热，春晚风流，独媚尽争无力。

痴迷双燕玉环，想华贵雍容，富腴清质。未醒沉困梦，但记初，还恋荣华如昔。难忘又忆。漫减损，花茂谁惜。怕错恨、留迹余馨，意迟抉摘。

探春慢·悟

春里相逢，匆匆未料，离人迁忘孤苦。文字迷思，辞言环解，都嫁东君呓语。寒暑荷风曲，似宴尔，碧云轻舞。竹马何念青梅，又还飞雪多误。

只恨少时遗梦，瑶境觅谪仙，澄坠渊府。醉入昏黄，醒归清晓，辜负东君芳绪。笑靥漾消易，怕难忆，痴倾如许。残月清眠，千丝欲系春住。

眉妩·偶遇

记遗留孤影，十里春风，吹乱苑中絮。绿柳斜丝缕，娇声闹，翩跹蜂蝶倾舞。翠禽伴侣。恋旧欢，栖息同旅。遍阡陌，野墅荒村宿，未酣醉如许。

千缕。人间痴语。幻境尘满落，牵挂愁绪。戏谑贪馋久，芳心碎，残樽憔悴风雨。结缘际遇。叹偶然，空设天宇。暮秋望霜寒，难醒悟，浪归去。

湘江静·天上人间

几抹风骚娇艳妩。正风拂，羽纱轻舞。嫣红醉梦，碧蓝幻境，问天边居处。寥寂缀星云，寒宫冷，蛾眉何往。霓裳困薄，相呼更难，思量错，意乖误。

念帝城，藏宙宇。想频收、细波微语。眸盈聚眼，尘空黑洞，觅寻沉迷苦。怕未似人间，弥情脉、众神应妒。琼花怒放，馨香漫溢，牵肠万缕。

金盏子·梦荷

冷月侵寒，想翠池虚静，碧空寥寂。梦十里风荷，罗裳薄，娇艳抹颜匀色。珠圆滚落摇红，漫坡迷骚客。飘香暗，轻粉淡妆腰瘦，玉洁藏国。

临窗听幽律。鲛绡渍，空余泪遗迹。横斜叶枯旧影，牵丝去，微尘化蝶谁恤。怅别又负情痴，便闲愁无极。相思意，匆匆付与，流云水泽。

春云怨·惜

天生丽质。看际边难到，芬芳浓密。雨幕落飞圆翠，绿紫羽衣飘梦泽。十里和熙，流溪妆淡，笑靥藏珠漾晴碧。青玉香风，清觞乡泪，酒浊尽骚客。

牵思撒拂三秋席。想谁题叶下，鲛绡无迹。星浸金波半情脉。斜月西窗，渍泪罗襟，悴荷阡陌。望断岑山，待收蓬子，暗昧自矜又惜。

迎新春·端午

院外挂蒲艾，又说龙舟飞技。归去齐车骑。念欣悦，还馋味。淡眉妆，霓裳翠紫。想竹马，难记青梅旁睡。锦袖藏暗昧。思量处、流光多贵。

鬓飘霜雪，酒渍余醉。非自责，乱尘梦里憔悴。孤灯夜寂收残月，半相依、却会谁意。约何时，花眼迷眸还痴对。云天觅如慧。恋醒争尽，寸心揉碎。

归朝欢·两地欢

高铁云飞千里阔。两地亲和相对悦。微言不到问量思，荧屏飘寄香粽叶。防毒孤自惬。但闻念盼余风物。又何怪，茅庐村宿，幻梦半斜月。

小楼浦江云彩叠。秀美霓裳双飞蝶。枝梢喜鹊尽欢颜，虹桥归燕沉星靥。闲逸多自歇。流光几日陈时节。望年岁，风华归向，恋玉笛吹彻。

永遇乐·四渡赤水

向北飞江，土城鏖扑，觉错休战。兵转西飘，鸡鸣幻隐，鹤唳还归返。夕阳烽火，娄山碧血，老蒋待知怅晚。叹兵事，奇招巧现，擎天换柱移挽。

复仇爱将，欲灭顽敌，难把亏赢谋断。方别茅台，又回赤水，更逼惊宫馆。滇军救驾，金沙闲渡，笑看尾追征远。想谁怕，泸定铁索，寒桥绝岸。

二郎神·虚惊

琴音起。听天籁，倾心欢喜。溅落水溪风裳艳紫，云千里，声情多寄。何处幽崖寻眷侣，烟草外，际边迷地。银河渡，空深野谷，不见秋寒知底。

还似。飞燕高树，鹤离尺咫。念湍急，弦丝飞浪漫，箫又约，错期芳翠。细雨氤氲难诀别，怕负与，梅青自醉。断肠吟伤暗，梦呓虚惊，呢喃憔悴。

倾杯乐·漓江晓雾

雨霁穷阴，碧空烟幕，漓江雾绕云没。几帆掩影，双燕剪翠，露漫淹停歇。未闻画景瑶台事，竞争蓬莱绝。从来幻境，都算尽、今古神传风物。

对樽别难凝伫，水天山隐，闲把肠千结。想约醉西街，梦沉歌鼓，酒醒寻残月。念恋迷归，相思痴付，花镜都欢惬。赏心悦。愁载去，朦胧笑靥。

百宜娇·雅集

若隐轻纱，幕遮娇艳，妆淡指纤如玉。拨动心音，落飘情脉，旧岁遗声幽曲。渔樵对酒，慢唱和，千年夙愿。向流光，溪水石泉，九天云梦飞瀑。

耕钓外，清觞伴读。刀剑掩江湖，仗王威戮。月照春江，夜隔汉楚，霸业幽花金屋。灵湘弄断，怕又忆，相思华烛。问瑶琴，泼墨锦书，力倾低簌。

月中桂 · 流水

乱石流泉，似清凉碎珠，碧露云泽。悠游幻影，正醉迷腾秀，难寻踪迹。至高知品格。不尽意，银河坠脉。漾荡星空宇，风荷月色，都在艳香国。

凌波际天三尺。想痴狂泪雨，弄湿文墨。悬丝又绝，怕子期轻别，知音难惜。算情倾激浪，载不了，红尘一掷。万里归江海，潮弦涨落吟夙夕。

澡兰香 · 暮雨

风摧雨暴，细柳斜飞，粉艳漫飘絮落。遗红去远，恋字羞题，未料别离朱萼。想云边、前梦无寻，痴狂伤心泪浊。还又怕，流光不驻，狂倾情薄。

醉里清觞幻镜，破坠魂惊，漫垂难酌。江河涌满，紫糁津迷，眷念寄谁依托。奈芳华、过眼晨霞，收尽云烟束阁。但瞬霁，露细珠凝，潮淹虚弱。

宴琼林 · 雨梦

雷破夜难眠，望雨霁风停，深梦还续。听檐声，水滴闹喧嚣，弄碎珠花飞瀑。烟阑处，影幽虚，恋栖云外宿。觅寻痴，泪湿浸罗袖，断肠愁忧独。

漫涨潮池，想满院颜淹，东篱黄菊。怕岁老，惹惊娇淑。拒霜时落簌。枫红浪，凄清月隐，念山远，寄声溪谷。翠禽魂收，醉醒尘事，思量最难卜。

惜余欢 · 欢愁

远山翠减，正黄叶漫垂，杨柳飘絮。冰冷雨飞丝，冻霜坠遗露。腾雾氤氲，霭空掩暗，九霄降，魅影翩跹舞。撒欢栖舍，觅寻野洲，荡云仙鹭。

风尘万千徙旅。念别折寒芦，离宿江渚。嬉戏驭虚浮，傲游遍秋浦。藏香余少，孤身又几，瞬时隐，湿泪珠沾羽。幻移幽梦，牵思镜花，觉来凝伫。

拜星月慢·春曲

夜雨收寒，晓风吹暖，嫩柳斜飘芽绽。拍岸声涛，鹭飞春江畔。见双燕，弄巧，匀妆色染轻剪，墨点林花熹烂。引蝶招蜂，靥深迷沉晚。

望氤氲，雾霭云山远。水天外，雁字回归返。疏翠掩隐芳绪，绿窗莺吟软。念芬菲，艳蕊倾琼苑。相思意，飞缀枝梢满。都付与，姹紫嫣红，伴流光浪漫。

向湖边·春思

试酒清觞，留春羞涩，魁首竞争娇媚。弄妩芳颜，惹惊丹青醉。念都把，姹紫嫣红，润珠飞翠，开早漫飘琼蕊。未料天香，国色倾吐蕾。

粉艳丰腴，占尽瑶池卉。西子滴雨透，昭君相思泪。斜柳莺吟，断肠闻声碎。算云裳风染别离悴。岁华老，英落梢枝难再缀。十里香荷，眷恋应知味。

阳春·雪梅

拂西风，欢声彻，黄菊拒霜金粟。缠结旧愁眉，飞灰影，忘却仇怨鬓云白。染颜羞色。多少事，负辜秋碧。还觉绿损藏花瘦，寒潮露珠飞席。

把虚镜都抛，倾囊尽，赢得未，冰蜂素璧。疏余流红欲醒，梦银装，冷玉凉陌。留香暗自掩迹。竞斗艳，相矜冰格。醉三弄，漫笛箫声浪，虬枝紫墨。

索酒·福酎

泼露九天云雾，荻粱红粟，窖藏清酎。蕴香醇飘四溢，嵌金知奖，朱紫霞绶。栈谷茅庐，问桃源瑶境有叔舅。盛樽穷骚同享，故旧沉欢星宿。

春宵难过渍流光，念蜜约玉闺，会亲高友。醉里谁能觉，且淡忘，尘事何时名就。美酒佳人，恋芳华，传觞更飞斗。梦回荐酹林花，万千锦绣。

瑞云浓慢 · 初见

谷幽雨霁，碧空风拂，归向际天云鹤。柳斜杏眼，靥漾媚桃，露珠沐润沁萼。嫣红艳粉，正盛茂、豆蔻柔娇自乐。但向谁，寄思时待信，梦里羞约。

念重逢，知未觉。想初见，醉把言倾诺。瘦姿眉妩，矜贵玉脂，更甚恋痴难错。矜花嫩蕾，不轻狂、韶颜面薄。漫绪扬，草庐半清塘，怕裳带索。

绮罗香 · 春醉

忆又欺花，还惊萼瓣，雨急催英憔悴。叶字无题，珠玉漫飞琼蕊。恰梢艳，眉黛娇颜，又枝润，风裳芳旨。正豆蔻，醉态方羞，桃腮杏眼望秋水。

闻莺鸣坠岸柳，天籁欢声唱晚，吟细纤靡。舞袖馨香，绿嫩淡妆清媚。怕岁月，凋减容华，怅易老，渐消轻翠。恨未醒，谁系流光，落零方自悔。

玉连环·夙

暗潮正起，渐西风，没淹惊掠，枫红黄菊。漫萧疏万里，冰霜几缕，时下叶飞轻簌。孤孱垂落去，盛茂坠还复。嘱归双燕，怕遗言语，闲愁又郁。

残月冷浸云星，洗铅华，细露珠寒飘沐。问历载华年，余多时岁，虚掩尘雾泪烛。想幽忧智睿，向沉思昏夙。遗闻薄记，锦书章采，素笺费读。

西湖月·疏影

虬枝掩映横斜，正沁蕊飞梢，影疏冰玉。翠禽语细，青苔墨染，暗香寒馥。飘林沉念恋，绽万朵、嫣红争竞瀑。漾梦靥、轻皱何愁，冷浸一池星宿。

瑶台尚未藏娇，想伴竹依篱，峭壑溪谷。逸闻孤傲，湘峰夜籁，月寒幽独。东君还又妒，待艳雪，归期花又卜。约龙笛，倾泼朱颜，几弄离曲。

早梅芳慢 · 早梅

下凡间，尘风拂。漫飘双鬓霜晨雪。嫣红绿染，紫朱墨泼，年岁馨香未歇。沁珠嫩蕊，盘古虬枝，翠禽沉梦里，眉妆娇艳，腮匀黛粉，傲骨凝晶洁。

缀冰颜，断肠夜冷愁闲，影落孤残月。偎依竹伴，念思对酒，罗裳藏淹怨结。沉寒未觉，幻景魂惊，望云飞，破蕾时欣，花萼芬芳，醉玉难离别。

尉迟杯 · 飞絮

扬飞絮。怨雨漫，坠落凡尘旅。巫山雾罩难寻，云梦遗愁千缕。微风暗卷，还眷恋，迷沉偶随遇。怕年来，约信如期，却淹离恨如许。

相思碾入香泥，痴馨尽，刘郎记忘归处。漫忆红颜曾留迹，天际外，娇羞不住。繁华艳，林花又染，念牵挂，流光未久驻。觅桃源，杏眼眸回，断肠秋水都负。

南浦·洪水

潮涨涌波浑，湿沙鸥，故旧未识还扑。肠断听檐言，方知苦、珠泪横飘飞瀑。羞红索赖，枝梢露寒催归速。天际云空风唤雨，梅子叶翻倾沐。

娇颜脆减河江，漫浸透，孤棚漏滴满屋。污浊恶余香，冲峰口，欲决流淹曾复。悲天恸哭。夜黑残月清眠独。幽谷渊深谋略备，吞吐御消攻逐。

西河·南京大屠杀祭

秦淮泣。波流细涌沦溺。金陵暗博落悲凄，骨寒泪滴。遗孤漂魄刺心殇，中山淹葬冤卒。

绝人寰，穷凶毕。斩三十万魂失。魔刀锩刃恶无停，腹穿血沥。乳房官器割头飞，长江血染赭檗。

雨花石碎闪霹雳。念雄浑，风烈横戟。泣哭低回惊怵。恨残余，自醒蹒跚，羞耻谨记安难，兴强国。

梦横塘·隆冬村曲

浪翻鱼老，孤冷枫红，叶飘寒碧冰玉。野墅村田，正暮晚，氤氲幽谷。溪水牵缠，火云低压，夕斜归畜。念飞烟白羽，觅住寻栖，沙洲影，霄鸿宿。

人声笛乱喧嚣，金黄银杏闹，漫落轻簌。呓语留檐，双燕恋，岁来楼屋。问夫饮，年丰粟几，悦喜歌欢伴龙曲。醉梦桃源，傲霜梅信，自量思天福。

西吴曲·瘦西湖

瘦柔怜、漫比西子。想颜娇紫芍、幻虚地。醉醒寻燕麦，烟花三月琼蕊。断柳相思，风拂细、喧嚣罗绮。呓语软，飘上飞檐，算白石，不知春事。

黛墙青瓦，波漾映楼轩，云裳粉腮肆意。念杜史。梦回难记芬芳，来时能忆，几度繁华迤逦。氤氲孤月，慢挂火树枝梢，天外觅珍馐，吟处自知味。

秋霁·秋韵

冷浸清寒，漫瘦绿枫红，紫翠疏画。五谷时丰，粉腮靥漾，碧霄火云华蜜。绮罗绢帛。鼓笳琴瑟闻骚客。又玉笛。吹拂，喜收牵念恋香脉。

残月寂静，夜籁声喧，谪仙低吟，俊杰迁席。醉欢饮，流觞同许，娥妆泼黛庆祥吉。且展惬怀馨四溢。底色风韵，更妒杏眼回眸，怕送秋波，自藏矜惜。

清风八咏楼·云碧阁

白鹭上青天，社燕向涯边，烟岚穹幕。云碧飞来阁。望远凝伫立，人杰闲绰。信江西去，带雨润，桃源安乐。更勤奋、呼凤招凰，富饶沃土耕获。

东篱遗菊都醉，念禅隐灵山，恋归仙岳。但与谁修爵。想稼轩闻意，紫阳书著。愁难程陆，会鹅湖，还辩论学。向南望、黄岗高峰，拂立玉屏风弱。

暗香疏影・孤艳

疏花掩迹。想暗香飘去，艳娇无力。还梦楼头，对酒唱吟歌素席。旧日云天笑脸，多隐却，行同路陌。更不记，面见难迎，来去是流客。

寒日傲霜孤艳，冰肌玉露润，墨飞朱碧。独影幽芳，残月虬枝，几度云裳华蜜。念谁痴忆良宵事，怕拨断，弦丝忧怵。约何期，和暖春心，绿翠染朱吹笛。

真珠髻・红楼怨

红楼寥寂，小苑深幽，落满尘埃虫没。鼓声喧闹，弦丝吟泣，玉黛浊淹风物。烟隐珠帘，念去远、魂痴花骨。坠泪尽，净土青葱，粉蝶觅寻诗箧。

云天无际飞雪。帐金钗艳悴，幻虚难别。探春休赋，潇湘叹息，照院晓风残月。借雨余言，还湿透，色空都泼。但自镜，沉梦闲愁，袅绕巫山千结。

征部乐·春梦

一春沉梦，花萼粉雪遗馨馥。却都念，琼花艳簇。多恋惜，时下轻簌。思量意，还痴卜。更怨极，带归愁独。问向寄，魅影行孤，是处流觞醉茅屋。

烟岚骨朵，嫣红绿翠，酬劝蝶蜂留宿。怅落尽、丰腴余韵，约期难再，寻觅迷深谷。掩径幽兰曲。暗咽泣，泪珠飞瀑。算岁来，阔别飘零，自许相知笃。

解连环·黄雀

宇空寥寞。正窗寒寂静，晓晨风朴。料唱唤、寄讯招呼，未知又闹人，醒来惊觉。振翅分飞，念一瞬、影消凌跃。看滑翔绿翠，蓝碧闹疯，觅欢寻乐。

长忧虑猜树落。怅栖巢息乱，贪玩差错。算绣羽、襟御霜寒，雨泼细珠飘，醉眼浑浊。叶底呢喃，怕夜归、恐成孤魄。惜流光、放歌晚籁，尽情对酌。

内家娇·追梦

雨霁和熙，晴阳近暑，颜悴艳娇无力。芬芳绿染，斜柳莺鸣，困倦还收情脉。坠萼落朱燕剪，飞花浮云过客。想岁华、玉润天香竞首，妆淡羞涩。

梦泽。追春风十里，望翠露池塘满，漫飘盘圆碧。泼珠慢舞婆娑，宝莲空色。漾靥罗裳沾湿。争何粉腮倾国。念思怕、媚影相逢，别家摘寄难惜。

泛清波摘遍·蔷薇梦

蔷薇梦到，粉艳云霞，愁怨暮寒飞萼早。柳荫莺惜，老却流光又多少。千丝绕。桃颜杏眼，梨雪娇棠，梅子涩羞情未了。望断岑山，丽紫林花又归杳。

别离调。清酒玉觞绿珠，怕醉掩迷茫渺。难寄相思暗自收，细风轻扰。念还恼。琼彩幻境碧霄，虚空剪裁天窍。更把繁华几度，负辜春晓。

望明河 · 月季恨

初开绽蕾，掩藏粉嫩娇，淹朱羞萼。杏眼桃颜，未辨念别离、信言倾诺。怪东君来晚，更还又、天涯飞云鹤。奈多去、孤艳芬芳恋眷，玉帘闺阁。

弦吟自鸣痴琢。绕梁暗泣诉，思量难度。向问何愁，与付解锁难、怨修缘薄。醉牵红尘事，算意会、期时还邀约。但都怕、千缕情丝，梦里寄谁相托。

楚宫春慢 · 玉环恨

休藏国色。想沉醉如初，寻梦余迹。雨霁艳阳，斜柳莺鸣空碧。还把相思眷恋，且付与、迷痴来客。寄远岑山，但怕是、又落孤零，倩隐娇颜多陌。

云天际外，芳草地、何处幽思情脉。魁首尽争，风雅丰腴标格。漫絮扬花万里，怅泪恨、罗襟应湿。白练魂归、马嵬泣，别念难怀，照影华清娥魄。

望湘人·花园口堤岸

渐凄声远近，音爆破空，落魂沉水愁漫。泪雨摧林，细珠泼岸。又记花园磨难。弱助黎民，哭无可宿，孤残离涣。叹谎言、淹敌三千，毁损黎民家苑。

肠断斜阳暮晚。正轻歌乐舞，醉酣杯盏。未回又重来，日寇几惊时短。闻战策，极尽荒唐传。漫落蛮荒人满。更错解、幻梦连环，咋堵膏旗还返。

青门饮·早春

归雁天涯，望岑边际，难遗一字，还抛余念。恋趁东君，唱随春远，云梦断崖沟堑。又待相思语，向谁说、江南珠点。怕未重逢，却自巧遇，飞泪羞掩。

梢蕊沁馨香暗。飘北缀林花，淡妆匀染。玉笛三更，醉梅晨晓，满地落英摇滟。闻问鸡鸣晚，怕早开、萼枝矜敛。露迷桃靥，雾藏杏眼，丰华淹冉。

落梅·梅雪

不时垂下，如归自隐，柔姿万千飘拂。虬枝淡墨，翠禽沉梦，漫余香仙骨。粉靥愁眸，悴憔媚眼，朱英残没。彻吹龙笛过三更，孤魂眷念，离恨又轻别。

疏影斜横残月。且矜藏、冢青还洁。极寒未怕，凌霜独傲，问无尘遐绝。谁寄相思，待期邀约，苦痴零歇。瘦红凝泪玉珠飞，丰腴春望冰肌雪。

角招·西湖

又秋复。珠光缀染颜红，十里荷瘦。翠减花自揉。望坠暮阳，昏荡迷诱。黄莺问酒。正绿岸、金丝飞柳。笑靥层楼画阁，觅寻倩影风裳，巧逢重迦逅。

回首。忘遗疙皱。烟岚客处，西子罗绫透。艳娇飘远秀。印月流淹，沉星深宿。闻莺岸昼。漫夜籁、吟哦鸾奏。碎步凌波雾袖。桂香暗、对觥觞，孤零后。

一寸金·别

一点朱颜，系恋横眉淡妆抹。想粉腮常醉，盈眸觉醒，青丝飞瀑，流红溅没。肠断愁残月，孤心独、玉龙隐彻。芬芳累、漫卷寒风，乱解连环万千结。

锦袖香藏，罗绡馨暗，幽游染尘袜。记拒霜秋暮，菊黄春喜，疯言谑戏，呢喃欢悦。还趁相思雨，昏未顾、浮沉婉惬。谁曾怕、双鬓烟深，更忘题字叶。

击梧桐·错期

竹马青梅，桃眸杏眼，过戏情丝多假。豆蔻娇颜，盛茂芳华，梦里东君难嫁。嫣红翠紫林花，漫是轻负狂痴风雅。算就相思、错约期时，枉怅愁猜虚化。

又借三秋，还归寒暑，欲渡银河星夜。但念想、茅庐陋室，风雨飘珠飞洒。更湿罗襟渍泪，无辜独自暗牵惹。却何奈、红尘未落，几回春与夏。

折红梅·雪梅吟

送年绒花雪，潮寒浸漫，风凉茅屋。舞盈轻、十里浩弥，归依梦撒天瀑。沉欢夜肃。思念意、吟箫幽曲。算踪影幻、虚境朦胧，醉洁恋莹晶，自结冰玉。

梢头听簌。正眉黛傲霜，虬枝斜扑。藏香暗、润珠沁蕊，丰华妒春还复。朱颜娇淑。空碧冷、许心相逐。望断九宇、素艳孤芳，便惊魂倾魄，夺魁凝目。

薄倖·花骨朵

杏花桃李。正相竞、千枝百卉。望天际、嫣红飘绿，万里浪飞姹紫。看羞颜、沉靥芬芳，柔娇粉黛妆珠蕾。染岸谷庭园，野村荒墅，弥漫馨香情味。

妆素淡、胭脂抹，更缀满、树梢艳蕊。多疑呓语落，呢喃未寄，不时叶底垂声泪。婉言深意。断肠还谁解，牵思错结云天外。欢欣但有，蝶梦蜂痴妩媚。

倚阑人·云梦

和风邀约，清池满座，云裳掩隐腮粉秀。露沐骄阳，九霄空碧，倩影绮罗双绉。汗湿衫更薄，长舞暗香藏袖。难捻沉馨，欲收幽馥，怕凉时落黄昏后。

冷浸流觞绿酎。晚籁欢、一把玉荷将就。欲驻流光，闲愁霎去，不肯负红还久。烟袅缠醉绕，呼道金樽换斗。兰舟余醉，独孤残梦，错解遗星宿。

惜黄花慢·秋韵

断肠秋水。念忆记少还，留遗余几。乱碧云飞，坠时怨恨娇颜，未觉芳惊羞蕊。醉来又染绿风裳，漫十里、翠荷清绮。缀丹紫。墨黛淡妆，妍妩柔媚。

量思梦里巫山，想暮雨、沐润丰华珠蕾。玉子莲蓬，影藏金屋红帷，掩隐薄纱灵卉。氤氲烟袅觅瑶池，似仙境、刘郎迟悔。难解意。欲借拂尘撷萃。

夺锦标 · 梦荷

望夏晴和，暮春无力，满涨潮池千结。初出尖荷欲翠，轻展盘圆，露飘珠泼。待匀红眉黛，粉妆淡、朱飞腮抹。想瑶池、何似人间，碧落痴云羞月。

还寄桃源空阔。向处清幽，如许好景多惬。醉酒漫坡骚客，都把相思，流觞倾彻。暗香牵难住，念谁惜、嫣然愁拂。怅芳华、一去无回，却付云裳风物。

菩萨蛮慢 · 北归

碧空云鹤。看风霜未化，冻寒正恶。漫水冷、尘雾沙洲，怅初练稚飞，远行还弱。险峻征程，怕流急、翼轻单薄。想云霞梦泽，又往故乡，北向岑壑。

相邀去来践约。待春归破暖，梢树朱萼。绿染满林花，羞却桃颜，更念暗香藏，玉笛梅落。锦绣嫣红，畅惬意、眸回倾诺。恋芳华、翱翔万里，九霄魁博。

杜韦娘·出浴

望飞斜柳，风和雨霁莺鸣悦。掠影点、波起涟漪久，粉艳淡、清圆羞物。念牡丹妩媚，芙蓉出水，朦胧尽掩荷塘月。寄相思，馥郁香暗、难藏笑靥。

多婉惬。娇颜朱紫，困愁一掷脉情拂。问燕子、檐下空楼去，想梦里、何时归歇。岁华憔悴向晴阳，绿翠轻收，易把流光别。醉清觞，眷恋付与、莲蓬玉结。

无愁可解·醉解

愁满轻舟，船漏未解。木叶幻听疏息。漫流红意会，怕漂泊又错载。约过何匆期易改。渡银汉、袖拂虹彩。恨无极、缥缈尘埃，落凄怨结，坠生苦海。

岂奈。泪渍风干，难寻处、瑶琴唱吟天籁。记金笺字湿，想是情欢昧暖。不恋巫云倾泼洒。漫远山、卸妆眉黛。念空碧万里，魂牵九霄，晓晨觉、梦还在。

江城子慢·梦梅

风寒夜孤寂。迷梦境、花径漏香迹。影难画。黄叶落、冉冉物华残息。更怜惜。梢树霜飘惊苦困，芬芳歇、还尘涯咫尺。印眉一点萧疏，虚斜素月苍色。

嫣红横枝骨朵，想冰晶珠玉，娇俏飞赤。寸心碧。倾琼蕊、倩隐幽姿如昔。泼狂墨。收却愁思千万缕，缠丝解、清眠余晓魄。醉酣绽放虬枝向龙笛。

江南春慢·蜡梅吟

香艳羞藏，娇颜掩影，虬枝横缀朱玉。龙盘漾靥，念摘来、相与书屋。寻梦还溪谷。芬芳醉、叶遗郁馥。料夜昼、晨寒暮冻，傲骨凌霜，嫣红暗自娇淑。

时飘下，梢悄簌。笛彻咽鸣凄，别离幽曲。清眠未起，不忍看、千花飞瀑。弹泪珠盈目。相思雨、独余信笃。春又妒、回暖绿林，催染东君，烟云漫弥倾扑。

胃马索·幽游

望幽游，声隐人潮向街陌。风裳湿透，抹匀腮粉迷情脉。琼花壑谷，紫朱沉靥，梦觅涯边云天碧。更念牵、玉手纤柔，但怕惹春掩妆迹。

贪色。远山藏黛，润腴眉妩，绿翠羞颜几倾国。算划银屏微信，飞书千里邀骚客。芬芳意绪，嫩叶流红，难付相思愁无极。又问谁、凭栏深处独影，孤零落寥寂。

八宝妆·问宇

空碧星云，寂寥琼宇，宙外太阳牵系。温室花园孤独处，更望移居邻邸。银河霄九，念向寻觅光年，虚空天阔难窥觊。还怕远宫寒极，思量飞地。

奥尔特慕暗迷，几回梦过，静幽浑似天睿。更惊是、柯伊伯带，但多想、重门奇诡。问何解、人工智慧。镜花沉梦追流彗。探险醉无穷，微波引力多憔悴。

疏影·致青春

年华窘涩。叹不羁唱晚，火焰霞碧。思短沉欢，长向愚痴，漫别青春离席。信言易脆还斜眼，恨笃誓、浪情惊怵。对流觞、岁月婪贪，湮灭灰飞余迹。

还倚栏杆望远，看人间鹊喜，金鼓长笛。美景良辰，花烛天边，热泪盈眸知惜。痛伤满是都奇绝，漫意会、怕心荒寂。算癫狂、乐笑风轻，夜昼觅寻无极。

慢卷绸·稚鸟

紧闭双眼，初开小嘴，稚鸟还无畏。正光洁如丝，拂露吹珠，不辨意假，何知真味。勃发生机，念思亲诉，闻母呼声记。更向远高飞，碧汉翱翔，来日豪气。

欢欣尽似。应都是、未念红尘事。忆年少风华，岁月难收夜露，醉里梦深宵寐。几度思量，想时谁怨，休怪还天咫。恋把酒狂痴，展翅云空，搏击难止。

选冠子·桃梦

波起春江，雾沉涧谷，山外觅寻无路。穷寒未去，冷暖还来，梦断屋檐垂雨。梢树笼倾颜红，风漏茅庐，星淹苍宇。水云连天际，望归孤影，幻虚幽旅。

正衔泥、双燕忙欢，黄莺喧闹，翠柳斜飘无绪。群芳艳萼，羞玉凝脂，嗅蕊蝶蜂飞舞。桃靥娇柔，漾珠铅洗芳尘，情丝千缕。露盈时泪下，疑听呢喃细语。

霜叶飞·汶川特大地震十周年祭

汶川惊悚。昏天地，崩山溃巢沉冢。幼婴欲护急身躬，吟泣悲声恸。怕课桌、还牵手重。暗呼沉寂凝眸恐。怅念远相思，又瞬霎、飘魂别处，烛泪潮涌。

礼敬稚嫩儿孩，孩童倾诉，靥星藏掩伤痛。赤红尽染幻书遗，未觅回曾梦。望化碧鸿飞九凤。芬惊憔悴横英纵。坠万壑、愁千缕，叶落流溪，唤时云空。

玉山枕·怨

梦里曾聚。数牵挂、千丝缕。奋飞竹马，凌波魅影，丹蔻丰华，艳羡春妒。岸溪嬉戏笑青梅，尚嫩稚、寿阳愁侣。期许何、猜错心思，便西东，望乡归穷旅。

夜悲眠少催寒暑。念双鬓、霜花舞。未题叶落，书声远隐，杏子香残，豆酒遗煮。闹檐烟雨怕霏微，怅年去、付难谁与。忘回眸、十里风荷，掩娇颜，翠帷还凝伫。

期夜月·写意

柔轻刀细匠心诀。勾留尽重叠。谁意会，狂傲骨。倾时几手，暗注不言矜别。凄切。云天寂远碧霄彻。愁肠万千结。罗襟湿，思念费，朱腮媚艳，染点粉唇风月。

雕纹刻皱润玉，旧事易老，芳华难歇。恨锁连环自怨，错解还盘节。蝉咽。无声泪雨飞珠泼。沁入迷情绝。娇颜掩，黛眉悴，瘦红袖舞，碧宇漫飘回雪。

轮台子·五四

百载燕京旧梦，听呐喊、旗旌漫卷。风寒外侮欺凌，雨漏圣书难念。街头呼唤哀民，匹夫呻、故废应都反。敞怀迎德赛，救国危亡抛虚幻。

三千烈焰烽烟，更齐起、北南愤漫。想重生、复兴寻梦再，丰繁宏愿。算洒血河山，坐牢监满。陋俗尽刀开，立新文先挽。洗铅华、莺鸣唱晚。但还记、志士悲歌，回响峰峦远。

瑶台月·闭关

残英飞尽，红糁径，妖娇憔悴难续。虚空寂寥，尤听树下声簌。觅津渡、雨雾氤氲，孤舟独、潮波忧郁。腮惊色，蛾眉蹙。春已去，风狂逐。羞颜掩影，遗香剩馥。

念余露、云珠欲沐。漫涧流红藏幽谷。萼瓣休题字，笺书谁读。想绿翠、沉靥愁闲，但暗自、时重心卜。相思泪，止还瀑。岁静老，梦奢复。南山望柳，东篱问菊。

宣清·邓稼先

云爆蘑菇，大漠烟孤，荒原三千雾掩。听惊雷、地动山摇，望天涯、际边光焰。隐影风流，矜藏傲骨，谜空电闪。问家人，最相思，云梁龙脊痴念。

二十八年归，鬓霜体弱，容颜羞自减。想陷阱难寻，修函觅弊，辐射何妨，入场亲身因验。向阑珊、残骸探险。满欢欣、宇穹飞剑。泪飘千里，睡醒唤狮回，恋芳华、梦尘无憾。

八归·慕春

春心怒放，芬芳云漫，烟雨竞润飘沐。幽深苑远寻遗径，溪涨映沉花树，醉遗灵谷。唤起黄鹂飞梦去，弄乱露珠垂葱郁。更湿透、绮袄罗巾，翠滴缀馨馥。

风舞柔娇水秀，腮颜朱粉，妩媚风华闲淑。柳丝贪慕，杏桃缠恋，艳遇穿横湍瀑。万千琼玉碎，觉醒方知坠情笃。凝眸望、国香归隐，幻境迷离，声回吟别曲。

摸鱼儿 · 湘江战役祭

忆湘江、血风珠雨。荒流通道何去。问天三尺冰霜冷，梢染艳红无数。谁共住。恨万古、雄魂肠断沉歧路。折谋妄语。叹夺魄疑眸，梦游离困，漫宇乱飘絮。

轻狂指，错引旌旗谬误。殇思当自羞妒。留遗笃信曾诚赋，转向怨声同诉。飞雪舞。还又怕、尽消湮灭封尘土。黎平别苦。迷赤水来回，争相斗变，遵义主归处。

贺新郎 · 遵义转折

号笛长吹裂。正斜阳、冻霜寒碧，染空如血。任把娄山云烟锁，立马横刀攻夺。更不惧、错思潮歇。兵退土城西鹤去，赤水惊、幻影飘来绝。天道举，邀豪杰。

昏灯夜暗清眠诀。望层楼、舌剑唇枪、教条渐别。沉恨英魂随风落，痛定量思深彻。怕重蹈、梦还覆辙。又引旌旗挥巨手，漫际涯、谁道关如铁。飞万里，翻新页。

子夜歌·恋

夜轻寒、雨珠咽泣，冷寂倚窗无语。叹悲切、呢喃怨苦，但念对谁倾诉。芳翠绿肥，林花时瘦，又几曾霜暑。把流觞、都付光阴，愁见醉醒，旧事落空如许。

信难笃、相思泪烛，只怕古今都误。桃靥盈眸，霞腮杏眼，言诺还辜负。看嫣红菡萏，娇颜何惹春妒。罗绮风裳，薄丝飞羽，强把秋留住。忘年华、吹絮飞扬，觅幽孤旅。

金明池·时差

向远时空，迷寻古国，霎时云天都变。恰漫过、飞杨绿草，茅庐堡殿静相伴。似重逢、树下婆娑，望壑谷、错认瑶池香苑。看朱紫窗扉，嫣红街陌，倩影流飘多赞。

幻梦霓裳愁怨短。恋妩媚娇颜，粉腮愉婉。思量意、芬芳别处，更难忘、夕阳斜晚。但谁惜、沉醉年华，念情脉多深，痴狂余浅。算几度风寒，清觞留醉，慢落镜花还劝。

笛家·忆

秋水沉渊，远山眉黛，流光回望，碧空云紫迷欢靥。粉朱妆淡，翡绿风裳，流觞呓语，呢喃愉悦。翠落清池，问香何处，娉袅邀明月。木芙蓉，嫩黄菊，十里馥馨尽拂。

畅惬。漾影飘舞，雍容媚态，醉里柔姿，幻镜虚花，觉来愁结。梦短、万缕牵丝肠断，渐瘦衣宽轻别。冷渡魂昏，暖牵春恨，玉笛横吹彻。相思泪，怕飞淹，泼雨赖檐呜咽。

秋思耗·辞荷

愁雨倾丝泼。望远山、尘雾暮烟轻拂。珠瘦翠生，粉颜红老，莲子心佛。夜阑别荷离、漫池憔悴绿未歇。怅断肠、思念竭。想十里馨香，瞬时遗馥，暗泣泪飞飘向，与君留诀。

藏洁。追根警彻。想郁盘、慧悟风骨。藕牵缠结。污泥无染，玉肌艳雪。漾荡细纹垂皱眉，谁解还错节。倩影去、残梦绝。醒觉恋霓裳，闲余孤自絮说。懒看金波素月。

白苎·寻梦

念微风，怕炎暑，凉阴不拂。歌莺舞燕，但听鸣蝉躁越。九霄云、细珠霞彩碧空阔。风物。落瑶池，浪漫浸星金镶月。秋波盈眸，妆淡娇吟玉骨。谁笑迷、白腴丰润柔姿绝。

矜节。影孤羞涩，客余流骚，露飞珠沐，香暗闲愁自惬。长夜问相思，绕肠千结。清觞径曲，觅郎还不见，念思凉歇。万顷幽花，望远荷眉，猜是轻别。一掷芳心，化梦寻痴蝶。

兰陵王·中国芯

满襟湿。一夜冰霜犯怵。珠帘卷，春雪舞飞，透骨凉彻漫愁极。单衫御寒急。摧迫。悲怜惋失。中兴苦，根浅绝伤，罪落霆威吼雷叱。

莫须有无秩。屋漏梦惊醒，骤雨飘疾。朝云幻破谁哀恤。曾信空虚费，经年狡计，谋藏诡诈隐幽密。峭冷徒申述。

迁日。变何易。雾细漫迷蒙，影魔方策。弄潮汹涌多博弈。料万千沟壑，寸心宽窄。望断秋水，更自救，聚魂魄。

破阵乐 · 时短

破春暖意，飞红染绿，芳翠飘漫。桃萼娇颜嫩蕊，撒泼梨花雪笼满。珠露迷痴，烟岚惘惑，水天浩瀚。向无边、咫尺云涯际，一竿朝阳起，氤氲山远。迤逦流光，梦幽岁月，眉妆微婉。

时短。杏眼留遗，眸回未问，思念结，谁会伴。十里风荷随燕去，瘦减菊黄朱转。怅西风，还吹彻，三秋暮晚。粉艳龙吟轻舞，玉笛霜寒，斜横傲骨，虬枝三弄，直把香馥藏收，墨梅故苑。

瑞龙吟 · 桃艳芳华

妖红恨。盈露醉眼浮飘，觅根怜悯。柔怀漫坠情种，素妆倩影，还收傅粉。

念温蕴。争竞艳姿魁首，寸心无愠。纷呈彩蝶歌吟，万千絮语，空言赤悃。

遗字题笺难懂，挽花牵梦，幻眸衷隐。笑靥漾荡春萌，相遇思忖。匆遽对目，藏暗知虚允。闻莺叹、离丝远柳，流光一瞬。老易娇颜损。夜摧瘦悴，残愁郁愤。风掩疑谁问。倾泪雨，香消渐抛腴润。去辞又别，来年应趁。

浪淘沙慢·别离苦

忆孤帆，浮漂泊岸，掩浪声泣。重对华年曲陌。还宾主让上席。想引贵相携尊老客。念亲事、久离疏密。恰断信飞鸿唤归雁，相思夜追述。

怜恤。复兴共倚龙脉。煮酒寄金门，同祖聚、却忘曾往昔。两岸悦欢欣，沧海空碧。漫收盛溢。唱晚吟天籁，手牵矜惜。望远千夫争朝夕。如期待、又同仲伯。奈狂想、惊离思诱怵。厌魔道、惑误妖迷，哭闹乱、幽魂落寞悲愁极。

大酺·春风

傲骨寒惊，纷飞落，吹彻玉龙愁极。霜冰方歇去，嫩黄枝梢染，泼颜妆色。丝柳斜飘，眉山轻舞，娇艳慢坡街陌。兰舟潮头涌，唱吟回空远，霁波蓝碧。漫妩媚藏羞，翠云拂鬓，抚柔矜惜。

帘卷香暗迹。帐双燕、呓语漏传密。叹雁字、无边隐没，待写金笺，怕流光、忘收鸿翼。雨暴雷霆怒，又湿透、墨晕华蜜。念孤影、箫声泣。桃靥杏眼，犹记幽游当昔。恋思珠还泪滴。

歌头·踏歌

叹芳年、暗转时结。云飞漫卷，闲愁寒暑歇。抹春颜，迎秋月。桃花媚、杏眼情眸，盈珠轻拂。牡丹娇、梨花笼雪。斜缕柳丝黄，繁华勃。吹十里，碧空阔。欢靥漾、掩隐胭妆粉，黛眉惬。

绿风裳，淡脂胭，飘墨泼。魅影拒霜，徐娘姿艳绝。半掩碎心凉，长门怨，孤藏七弦沉，赋还缺。东篱菊，更谁摘，望南山，雁字虚声易别。落梢头，梦倚虬枝冰玉，喧嚣尘归，隐幽游，天籁细，翠禽咽。

玉女摇仙佩·云荷

惊雷突响，骤雨飘飞，洒泼风荷芳艳。晃曳颤姿，倾流圆盖，泪落千丝孤澹。洗尽尘轻点。想娇颜意去，香潮池掩。怕闲语、闻馨错解，辜负相思渍字休念。谁言把情抛，翠减嫣红，羞藏菡萏。

还信岁华变易，玉润珠花，粉黛胭妆又染。天际氤氲，无边丰韵，照映涟漪渊湛。慕影垂凉焰。算泥浊、藕节莲蓬非泛。望日暮、斜阳万里，火烧云朵，碧霄烟淡。余空憾。低声唱晚吟音梵。

六丑·芬芳梦

看繁花瞬去，怅落坠、清眠忧郁。劝春且住，禽飞珠泪瀑。艳减无复。杏眼桃眉苦，舞飘梨雪，夜听悲声哭。风扬弄絮穷追逐。玉软尘红，香茵凤褥。妆淹挲还矜淑。忆晴空细语，雨润溟沐。

青梅情笃。伴羞邀露宿。照月残孤影，香暗独。凌霜傲骨名夙。望风荷千顷，远烟深曲。堪怜悯、泣吟低簌。终怕见、半老徐娘素鬓，巨霜余馥。相思意、牡丹时菊。叹物华、荏苒流觞事，阳吹黛绿。

玉抱肚·恨

翩跹轻舞。柔姿娇女。正青春豆蔻风华，粉腮眉黛驰慕。漫桥流倩影，芬芳意、还念欢欣付妍妩。沐风绮锦，戏水玉羽。云裳绿，掩心愫。

但怪春江，因何把、芳容乍噬，朱颜霎时去。想谁知、暗恨还如许。怯弱惊、落魄归尘恕。费思量、梦泽三千，薄情收却负与。奈河难渡。更无力、搏击中流又回府。怨愤咽泣，漫飘泪、飞珠雨。弄断肠、缠万缕。算仙台有约、应未急，夭折杏眼、九幽凝伫。

夜半乐·山竹风王

闹听急卷山竹，横行雨瀑，吞噬悲煞尾。算石柱玻林，损微凋毁。躁狂浪涌，疯摧草靡。折腰根拔倾盆，舞梢苍翠。叹满目、尤狼藉惊畏。

救援屋脊觅影，远望流川，近淹浑水。闻泽国、羞颜铅华都洗。落飞帘锦，浮漂桌椅，撒抛破网空渔，浣纱无技。算门闭、倾冲浪街垒。

万里憔悴，火警才休，疾风方止。怅扫过、谁提未知彼。恨留匆、虚妄势猛遗邪诡。堪苦困、遍地穷迁徙。去来归处拖瑕累。

宝鼎现·初夏

细风轻拂，绿叶微曳，黄鹂喧闹。珠露坠、娇颜憔悴，花径遗馨音讯杳。望处远、碧空云天外，青翠盘圆出俏。更念思、芙蕖应是，故国钟情难了。

宙宇寥寂瑶池悄。想虚空、有几声调。还又待、飘零寻觅，星客相邻亲问好。漫流浪、怕能源无力，漏算何时稳靠。怅未来、虫门结界，探找迷藏通道。

沉醉粉艳羞颜，还待约、知期谁晓。恋嫣红、眉妩丰腴，雍容月貌。叹浩瀚、浸星缥缈。忆暑寒多少。梦自愁、斜柳蝉鸣，河岸闻莺渐老。

个侬·春思

看牡丹藏隐，怕春暮、东君无力。梅子时青，夭桃繁茂，恰绽放、万千标格。梨雪飘飞，云珠垂漫，念萼瓣愁闲，蝶蜂寻迹。瘦减朱颜，尽遗红糁，但梦晓、幽魂残魄。郁结柔肠，想芬芳、余馨漏溢。还想粉艳流红，难收酿蜜。

风和少日。未霁雨、霖霖追述。花沁轻寒，柳斜渐暑，漫絮落、黄莺鸣泣。望远氤氲，岑山烟霭，怅静伫凝眸，纷繁一掷。泪睫丰盈，渍襟衣湿。易掩却、浮华骚客。约对清觞，算相思、古今谁惜。都恋富贵争魁，天香绝色。

三台·春江花月

醉魂清觞玉笛彻，露飘漫飞阡陌。恰破春、雾霭掩青江，小桥隐、灰墙斑白。朱红蕊，水嫩倾情滴。野鸭戏、沙洲湖泽。际边雁、归去层霄，燕子喜、旧檐痴客。

想梨花杏眼妩媚，艳蕊桃颜羞涩。向岸远、斜柳听莺鸣，聚翠紫、寻欣闺密。摇船棹、唱晚尽欢席。烟霭外、霓裳轻湿。露溅下、半涨流溪，觅径曲、懿馨迷迹。

正天音琴瑟鼓乐，鸟啼籁声旋律。伴海棠、百卉竞争魁，牡丹笑、芬芳香国。潇湘竹、俊灵藏暗脉。落九天、云泼珠掷。念相约、风物梢枝，恋时邀、月羞泓碧。

胜州令·梦唐

镜花璀万朵。瑶池虚幻，碧空难破。望天际、鹭飞霞晚，粉艳尽收云阁。风裳罗绮，玉环扇坠藏琼萼。掩妩媚，曾念思夭娜。寸心又几颗。因就多情薄。

巫山暮雨，想杜鹃、襟怀湿，夜啼泣声飘过。但休恋、最醉芙蕖，韶光落照唱和。灵幽马嵬驿归，怨枉多辜负。蜀道血飞，怒发香消堕。谪仙人又妒。弄错如约诺。
芳意费斟酌。古今纷争旧故弃唾。问政懒、乍理朝事，雪月后庭何歇。霓裳深帷，昼永夜舞三更，别泪烛烬，马车兵戎搏。误漏又自满，乍醒闻罪恶。

都暗把、嫣红恨怨，闹时悲、美色水祸。怪胡乱国舅，谗言毒语，瘦腰纤弱。字书隐影羞遮，漫硝烟、垂幕淹劫缚。梦里不知琐。

注：押四个仄韵。

莺啼序·浅醉

秋凉饬催月冷，漏窗斜残照。正盈香、碎影揉梢，彻寒侵被惊懊。帐眠失、纤尘夜荡，银河暗渡流光扰。向晨天欲晓，鸡鸣犬吠嘈闹。

浮念飘摇，梦中倩隐，呓语藏声笑。似幻境、曼舞翩跹，柔姿风裳缥缈。任相思、碧空缀满，恋玉靥、戏言轻俏。把心痴，酣酒错浇，醉倾魂绕。

词情未醒，想捧仙桃，苦困沉愁挠。恨力薄、落零愤怨，灯黑字微，暮半阑珊，欠酬清稿。瓜蒲荒久，才疏学浅，随遇杨柳遗奢望，算顾怜、降眷弄成巧。琼珠露沐，红楼星宿文昌，迎引晚唱妖娆。

白墙痛楚，笑挂笙箫，喘息吟骚搅。粉欲坠、娇颜未少。体态丰腴，纤指冰肌，雍容窈窕。霜飞雾鬓，青丝芳信，待牵锦绣巾冠紫，劝柔肠、莫转千回恼。黛眉妩媚腮红，惊艳云霄，闹梅矜傲。

调笑令·别

难别。与谁说。斜月玉龙还未彻。相思恋梦方才歇。多少呢喃欢惬。冰花珠露藏星靥。愁泪满笼盈睫。

平仄韵转换格

荷叶杯·清色

绿翠闹红朱染。芳艳。漫风裳。水波轻漾弄羞涩。清色。醉心藏。

南乡子·采茶

雾绕云藏。翠黄嫩叶泛流光。炭火烘锅香细袅。天早，素手珠沾收采巧。

蕃女怨·虚实

梦来归去迷化蝶。虚境欢惬。恨相争，何媚悦。独孤奇绝。醉醒风物又心愁。业难休。

古调笑·游梦

奇怪。奇怪。念有庸人自赖。秋风错漏轻寒。夜深星伴月残。残月。残月。梦起幽游不歇。

诉衷情·晨梦

谁寄。愁醉。心自碎。念归难。残月照。晨早。露珠寒。纤指荡秋千。朱颜。几时芳翠还。晓烟阑。

西溪子·迷情

想把相思还去。难寄未知谁与。问清觞，何事错。休解错。狂笑迷情又薄。落鸿惊。独孤零。

定西番·弦乱

半语未言羞涩。珠雨瀑，闹心音。泪沾襟。

云梦断肠流客。寄愁风拂琴。痴念又知谁惜。乱弦吟。

相见欢·秋

霜天初降溪流。洗清秋。柳絮漫飞回荡、惹闲愁。

芙蓉伫。野菊苦。夜蝉悠。艳去媚藏收尽、落眉惆。

风光好·醉月

夜风清，月盈盈。沉醉呼深让闹醒。睡中惊。

蒙眬细眼开心极。流水席。满是宾朋斗酒声。把杯倾。

上行杯·琴海

向海弦声轻拨，纤指荡、伴远天音。冰玉凌波飞浪急。云裳弄湿。念相思，都寄客。漫掷。无迹。残月孤吟。

感恩多·踏浪

梦飞轻踏浪。难弃相思忘。恨抛痴念归。惹芳菲。

旧故萌言乱语，想多悲。想多悲。万缕千丝，怕牵还不回。

酒泉子·无寻

听海琴音。错把相思都寄。云浪飞，飘暗昧。懒扶琴。

雨珠倾泼漫阡陌。幽影虚幻迹。夜独孤，恨无极。湿罗襟。

添声杨柳枝·暮春

纤指飘拂拨七弦。暮惊寒。水旁楼角问牡丹。客还安。

不意枝梢多染绿。藏璞玉。梅青细雨艳娇残。梦回难。

醉公子·魂梦

对酒成双影。月残寒夜冷。泼墨寄相思。渍笺恨念痴。

不意沉昧暗。断水谁能斩。寥寂独穷孤。魂吟梦化书。

昭君怨·千年怨

戈壁可汗君诏。荒漠北风狂啸。飞雪断柔肠。下凉苍。

沉积千年哀怨。错就风流幽婉。骚客醉离奇。闹情痴。

减字木兰花·梦老

淡妆淑媚。弄巧牡丹花又贵。寥寂蝉鸣。恨不芳颜昨日生。

艳娇羞蕊。泪老盈睫谁意会。向远云天。梦里杨飞带渐宽。

柳含烟·烟柳

信河畔，碧云天。几落桃颜梅艳，珠露凝结雨飞烟。梦花前。

境幻絮扬枫乱拂。还误谷幽风物。暮秋残月独依栏。怕霜寒。

清平乐·偶遇

雨霁烟绕。篱苑影虚渺。飘逸风裳谁来早。纤指摘花弄巧。

碎步轻踏无声。残梦未醒还惊。昨夜慌忙归去，今日不意相迎。

更漏子·乱猜

又乱猜，怨愁暗。思念欲收还忏。西窗雨，听时惊。云天润草生。

霜飞雪。露珠结。寒落秋波影别。怕黄菊，悴芳颜。觉来再梦难。

巫山一段云·烟云

狂暴黄梅雨，江南水国淹。露飘倾湿玉珠帘。云外罗襟沾。

横拂西风又恶。别梦断肠情薄。寥萧寰宇雾烟蒙。不尽恨妆浓。

河渎神·荷神

扬絮漫纤尘。惊梦虚掩檀唇。但疑河洛影幽痕。久伫还恋余芬。

际边翠荷情千节。星浸狂痴幻月。遗落九天羞物。水云矜隐风骨。

偷声木兰花·惜早

春初破暖花开早。水岸风寒烟雾绕。曲径遗香。独立梢枝困宇凉。

云天泽梦岑山外。又点林红疏嫩蕊。但见飞英。萼老时飘孤自零。

思越人·在水

想佳人，云水畔，楼空残月依栏。泪潸断肠难记恨，晓风拂梦惊寒。

赖春无意颜憔悴。惹芳常捻心碎。付与清觞多自醉。原荒何处鸿昧。

梦仙郎·春事

流光春事。倾寒恨意。多赋予、染朱生翠。轻掩淡眉妆。蜂蝶扑朱黄。

珠露浮沉羞物。红唇媚靥。都念想、恋痴欢惬。花落惹谁惊。尘梦醉三更。

河传·相逢

十里。红紫。望风荷。掩影轻纱婆娑。绿眉漾靥翠娇娥。金波。九天星落河。

水云际边恨离阔。非无物。惊梦是归客。喜相逢。妆淡浓。阿侬。碧空霄鸿。

芳草渡·梦渡

雷霆雨，物华惊。倾珠拂，坠檐听。清江浑满水狂横。茅屋小，津渡远，漫淹耕。

呼相救。船又漏。一色云天夜昼。空幽谷，独飘行。随星宿。难晚就。念还生。

虞美人·望

朝云落尽相思雨。苦把清觞付。看花虚镜梦霜娥。冷浸九天星宿、漾银河。

细珠慢泼羞颜悴。懒顾风尘事。瘦红肥绿念娇容。一缕暗香飘去、望重逢。

清江曲 · 巴山夜雨

一鹭青天翠紫云。纤夫呼号坠千斤。水深拍岸西风雨，飘落船家化梦魂。

清觞煮尽流年涩。难邀对酒渔樵客。几度镜幻醉不醒，谁笑乌篷独寥寂。

楼上曲 · 雁落平沙

飞上云天痴魅影。岑山碧水寻嘉景。疑似镜花白雪飘。相思尽拂空遐霄。

霜冷寒消枝又暖。雨细江潮水天满。芦花虚听幻胡笳。和风珠露望平沙。

梅花引 · 黄梅雨

凄清月。怕离阔。霜冷冰玉矜傲骨。念相思。付与痴。问能忆否，疑又醉酒时。

落花无意随春去。牡丹空撒黄梅雨。绿风裳。紫风裳。千缕牵缠，十里翠荷香。

定风波·上河图

柳岸曾封尘梦生。虹桥过客别离亭。煮酒泪飞无尽色。倾国。并刀弄乱落王旌。

孤傲琴吟沉意举。羁旅。文章还怕见凶兵。何处镜花遗紫陌。难觅。金波云漾恋痴凝。

定风波·哭稼轩

梦里幽游偶遇辛。约期还往客家宾。未问冷宫今几夕，匆去，隐迷谁怕漫浮云。

忧愤流光斜照暮，孤影，舞刀飞剑锁红尘。禽闹弄春幡又乱，悲泣，泪珠掩面负英魂。

苏轼《定风波·咏红梅》体，平韵。

甘露歌·荷恋

曲径绕深幽处醉。痴狂藏暗昧。池满荷塘漫翠芳。朱紫绿风裳。

雨打盘圆凝玉露。清凉似旧故。笑靥眉山妆艳娇。蜂拥凑新潮。

香风拂过天际远。夜月愁归晚。波漾落星秋水眸。肠断恋思流。

最高楼·梅

寒风卷，扬絮漫天飞。萧瑟碧云归。梦寻千里相思泪，觉来依竹伴蛾眉。独凌霜，冰玉靥，送斜晖。

漫娇艳、孤星邀素月。想妆淡、忧容无媚骨。不争妒、暗香迷。东君又拂花潮早，林红遍染怨愁迟。恋红尘，飘雪艳，懿馨泥。

离别难·难别离

雨霁暮夕和风。眸惊去久重逢。念思情未昧。辣腥盘几味。恋杯沽酒淡，品醇浓。收傲骨。愁千结。无情都付水云阔。

风月洁。流光别。痴意寻。樽前又听吟音。不忆青梅晚。但怕尘余半。靥轻漾、醉芳心。飘梦泽。沉寥寂。飞鸿天外泪涟霖。

步月·大禹

截水横堤，顺舟疏坝，禹遗余迹迷寻。九州初立，未忘劈崟岑。怅淹苦、洪荒咽泣，便率众、云梦烟浔。还来者、除忧去患，星岁复难侵。

堪任。千万载，裔孙继大汉，香火延今。泪盈光烛，飞溅湿罗襟。念思绪、春秋故旧，想暑寒、年月黄涔。西风劲，惊涛暗拍更时擒。

《步月》有平仄两韵体，本词为史达祖《步月·剪柳章台》平韵体。

平仄韵通叶格

庆宣和·白兰花

藏笑馨香韵自寒。白玉娇颜。夜半凤溪入窗轩。雅苑。雅苑。

梧叶儿·无题

相思意，都负辜。长夜独幽孤。云天外，错字书。恋如初。倾念凄清尽诉。

寿阳曲·三月江南

流溪满，云水烟。拱桥圆、白墙灰浅。莺鸣曲吟声转婉。摇船隐、际天幽远。

天净沙·二月二

晴暖车涌声扬。玉镶环佩金黄。锦帛罗绫淡妆。早春游赏，漫流花谷幽香。

干荷叶·枯荷影

枯荷影，水中摇。幻镜空虚渺。漾秋潮。悴心焦。鸣蝉唱晚火云烧。夜籁吟声老。

喜春来·春艳

枝梢玉立风裳梦。飘紫林花雾霭浓。桃眸杏眼际边鸿。云水蒙。妆抹牡丹红。

金字经·浪鱼

禽兽多有病，浪鱼桌上珍。盔甲银亮几片鳞。盆。料香隔水炖。何思忖。不时清酒醇。

平湖乐·借春

春风愁老借三秋。梦蝶斜飞柳。细雨飘檐几更漏。晓凤收。

拒霜黄菊芳颜秀。昭君归去，貂蝉幽影，掩隐玉环羞。

殿前欢·无心

露珠飞。翠盘漫泻满荷池。疑仙玉面矜艳紫。淡抹蛾眉。

风裳隐媚姿。相思意。都付难知味。不时多负，却道还痴。

水仙子·莲姑

秋风不拂艳娇颜。白鹭云飞向际边。唳声音壁回来晚。往南不恋还。

芦花扬絮轻寒。孤烟短。夜月阑。独伴幽莲。

西江月·瀑

狂雨飞飘一霎，雷声震耳回廊。奈何襟湿鸡落汤。更念江潮水涨。

车快又忙流速，绿萍尘满横塘。轻收炎暑下清凉。浊酒冰壶勾酿。

醉高歌·恨醉

醉痴风月凡尘。梦里颜娇翠粉。飞珠飘雨西风近。弄悴柔姿掩隐。

难回紫绿芳春。算把相思竭尽。愁谁系得时光稳。只有清觞暗恨。

折桂令 · 风荷

念风荷、冰玉娇颜。千顷嫣红，十里云烟。露洒盘圆，幽游幻境，遗梦莲船。

籁音听、清吟和晚。漾金波、醉月羞欢。水殿天媛。魅影婆娑，摇曳翩跹。

撼庭竹 · 红落

时落飘红扬絮飞。相思泪痕吹。暮秋寒意拂梢枝。馥残收起怕还迟。夜月幻虚镜，枯瘦隐空池。

素蝶梦迷恋旧悲。山外觅芳菲。眸回媚眼多情昧。自醉余馨入狂痴。飘叶向西去，黄菊瘦东篱。

四园竹 · 恨远

天涯望远，梦里醉浮云。碧空海阔，思绪影深，迷揽星辰。欢意都，沉岁月、流光不尽。暗香羞自眉颦。

念悲辛。林花绽放相争，嫣红漫落风尘。木叶无题却恋，难待重逢，错解离分。谁又悯。怕只剩、多余泪渍痕。

薄媚摘遍·春

晓风寒，潮水涨，初绿春江岸。柳丝飞，芳草缀，凝珠飘雨轻暖。岑山黛抹，燕子双归，云泽雾烟阑。艳媚林花，朦胧倩影梦回晚。

还把桃颜倾转。杏眼眸清浅。梨雪漫，海棠娇，嫣红翠紫韶苑。吩蜂闲语，化蝶痴言，夜月醉欣欢。色尽流香，金波伴静婉。

小圣乐·云梦夜歌

绿翠芳烟，漫空天泽国，千顷风荷。艳娇初露，细雨惹羞娥。弄湿霓裳酒渍，不知醉、轻扶云朵。意又是，念清觞漫漏，浸落银河。

年华笑欢易老，恋倾凉水殿，炎暑吟歌。淡妆浓抹，矜媚梦虚多。幻镜金波漾月，与谁酌、伴游缘何。想唱晚，弦音独幽，迷乐无陂。

熙州慢·梵音

望陂塘、十里翠风荷，绿紫娇艳。玉润丰腴，水殿凉风拂，嫣红倾染。雨骤漫飞朱泼，露漏珠泻幽岚。眉黛媚妩，腮妆淡雅，水波摇滟。

虚影馨香隐暗。觅芳迹、梦蝶云裳轻掩。难老玉宫，流光月残星点。银河九霄落飘，宙宇漫、空寥归念。漾池潋。弦痴拨乱音梵。

甘露滴乔松·思意

风裳翠绿，百里云天碧，颜娇无媚。润露烟蕊冷香，矜品羞味。粉腮妩、黛妆眉。际天向、系枝蓓蕾。岚光幽影，莲姑纤手，嫣红千紫。

不言故旧芳心，想残月栖梢，独孤知昧。燕收檐雨，未解相如思意。煮酒问、念谁痴。更道是、清茶多贵。满池洁雅，梦与御觞休酹。

换巢鸾凤·虚像

风拂云裳。念匀朱幻镜，染翠飞扬。伴馨遗馥郁，对酒醉醇香。颜娇矜妩淡羞妆。怅幽影浮飘空徜徉。相思意，漫梦呓、籁音虚像。

迷惘。余俯仰。涯际九霄，多半沉愚妄。杏眼回眸，艳桃闲怨，秋水波微摇漾。流目含颦不能凝，玉珠沉靥时难忘。弦丝吟，绕梁生、未拨清唱。

曲玉管·问

魅影幽游，孤飘幻镜，还缠几载沉虚梦。未觉狂痴深醉，尘漫文穷。掩茶盅。素月斜眸，凄清知味，待期又落相思痛。问处天涯，万里寻觅飞鸿。却匆匆。

欲管华年，算寒暑、娇颜难驻，负辜寸断心愁，残言隐语清衷。玉觞空。恋云霄空碧，媚艳凌霜琼蕊，馥收香暗，袖舞馨藏，曲径重逢。

大圣乐·无绪

残月沉香，叙悲烟袅，独孤如许。怕正梦、细雨斜飘，陋室湿侵寒漏，幽谷茅庐。竹篱柴门黄菊朵，渐华岁、霜飞冰玉壶。枫红落，想无题木叶，尘念难书。

垂云掠影更起，觅梢树、娇颜琼蕊疏。怅问沙洲远，魅隐媚妩，天籁歌珠。久伫量思，迷离还恋，霄九天高闲鹤扶。余光短，把清觞茗雪，烹饪香鲈。

六州歌头·松骨峰

碧天突变，松骨起烟烽。天降勇。请入瓮。势来汹。堵围封。夺路奔潮涌。风雷动。惊惶恐。枪炮重。沉悲恸。坠忧忡。前日败兵，何夕相扶拥。一夜魂雄。欲通倾火力，滥炸急狂疯。血染迍穷。哭驴熊。

刃锋震悚。流伤痛。方觉梦。智迷蒙。寻合缝。拼尽捅。漫飞穹。露淫凶。决斗沉疲冗。归青冢。乱云踪。娇世宠。遗孤凤。退如蜂。满野旌旗，不处无囚笼。喊杀声隆。照凄清残月，溃溜怨迷蒙。圣诞回空。

解红慢·天上人间

物间方外。絮漫尘，云天飘霜海。思量自古，相思月岁恋初开。门前旧事，何记桑田还销改。想流光不解，谁能懂，藏幽暧。意多少，醉清觞，醒来怠。镜虚转、容颜减妆彩。多情错付都落债。忆嫣红翠紫，桃媚风采。

飘九霄，念层楼人佳。深空幻，寂静冷艳愁猜。潇湘泪雨，青埂悴，惹瘦香腮。暖阁乱红，闹拨丝弦琴音籁。飞花冢、算就机关，难仰赖。兴时颜，败时言，休时奈。梦雪暴、无声坠下界。涯边冥极匀金黛。觅芳心一掷，三世痴呆。

哨遍·华山坠影

地暗府阴，寒宇发森，腾跃飞升路。一念瞬，遗字遣谁书。尽抛轻别泪如雨。弃凡躯。刘郎欲回迷落，恋家幼老都辜负。屏蔽几方群，亲朋又问，但藏底事气沮。嗟厌尘幻觉坠玄虚。惜蝶化梦庄错遮糊。岩冷怜惊，绳系畏怯，漫空悲楚。

呜。闻道鹧鸪。听声吟泣劝归去。电掣风驰急，魅影翩跹巫舞。叹恨醉沉觞，瞭高未醒，结缠狠断牵丝缕。忘浊世情缘，天伦安乐，诀离般若愁苦。但青杉独隐暮云孤。怕峭壑谷渊月星疏。想流光、卒哭还诉。招幡幽远珠泪，缥缈虫萤烛，漫窥觅久枯深井黯，魂魄奈何羞赴。无常恍惚让谁扶。数七期、冤记阎簿。

戚氏·投名

梦云乡。蝶化沉幻坠苍茫。咫尺无边，觅寻回望溯流光。洋商。箭樱藏。星铢嗜血尽蛮荒。寒宫照影孤寂，湿透茅屋座席凉。独木矛刺，刀耕火种，舞旗擂鼓沙场。念巫师咒语，牺牲奠祭，舰炮分疆。

虚镜落引彷徉。时空弄乱，更错记兴亡。文昌缀、觉闻玄奥，数遍还忘。国遗殇。骠马剑客，千骑战阵，万里游缰。蜃楼海市，魅影城倾，余下多少兰章。

正醉酣迷眼，雪崩冷面，更陷愁长。倒海翻江诡战，又凄风素月遇豺狼。“病夫”疾复方安，突围自立，冤枉还遭谤。漫涌潮、急鼓掀涛浪。恨无端、穷武凶狂。怕韬光、养晦余殃。漫说道、独霸自称王。问天何处，公平可述，暗忍悲怆。

戚氏·梦

梦中惊。开窗推扇伺窥英。俊貌当年，占魁枝摘妙还生。高擎。驭强乘。呼风唤雨似雷霆。挥鞭怒斥强寇，卷起狂暴漫淹横。望归魂魄，无回雄鬼，塞关擂鼓三更。想轻袍血洗，刀剑入鞘，何又言兵。

荒漠遍野扬旌。神箭划破，夜暮半边倾。幽游处、落星缠绕，独霸谁争。念龙腾。蹈海捉鳖，翻江送浊，未怕骄狞。万千眷恋，一霎相思，飞上梢树斜萦。

镜幻虚花隐，连环错解，碧玉霖铃。问雁何时字阵，怅琴声惜远逐湘灵。待闻十里余馨，茗香久煮，何奈孤鱼冷。算世尘、荡扫方洁净。但唯见、馋尽余羹。算对眼、酒绿觞觥。别倩影、跃马又从征。浪涛汹涌，云空暗急，浅醉鼾声。

跋

写诗填词，是一个感知愉悦的精神活动过程。本词集将自己的一些有实用性的经验原汁原味地表达出来，以便读者在读的过程中可以接触到一些韵律和声调的直观可读性，以及初次接触词的读者感觉到一定的易学性和趣味性。

本词集的押韵采用《词林正韵》。《词林正韵》的成书时间是清朝，是清人对宋词用韵的概括。词的用韵比近体诗更宽泛，平韵、仄韵、平仄叶韵、平仄换韵，几无限制。词牌《甘露歌》就押三个平韵及三个仄韵，共押六韵。而难度较大的是《离别难》，两个平韵，四个仄韵。韵律在上下阕里不规则转换，容易换错。

本词集在取词集用字的平仄时采用“平水韵”。

本词集填词的词牌词体一般为《钦定词谱》中正体，有例外时在该词后面注明所采用的词牌词体。词牌排序借鉴了搜韵网站中的相关分类法，按照平韵、仄韵、叶韵、变韵及词牌字数多少编排，在此致谢。

填词创作，建议从中长调词开始，基本梳理通透后向超长调词，而后填短调词。这样可以对中调以上的词有一个更好的理解和把握。

每首词的词牌是确定的，但每个词牌的平仄韵律大部分是依据宋词的用字平仄情况概括出来的，与近体诗的有意识的韵律方法没有直接关系，因此，词的用韵要灵活得多，可平可仄的字，《钦定词谱》用“中”字来表示，填词时可以灵活用平声或仄声，以句子意思表达通顺及句式的凝练为主。仄或平多个字的连续使用在词牌的用字中经常出现，这点与近体诗有些许不同，但基本都已概括在每个词牌的平仄关系里，填词者可直接依据使用。当然，当有绝好句子时，平仄也可以稍作改动。

填词时尽量不用重字，也少用叠字。尽量不用口语、俗语、谚语、成语等等。韵脚用字不要重复。

本集填词时字词句的意义用法基本上与现代汉语用法相近。部分参考糅合古代汉语用法。

填词用字长短不一，从一个字到十个字都有，故词又称为长短句，这一点与现代诗歌有些许接近。但词的语法与现代汉语的语法有较大距离；古代汉语的语法相当灵活，词性转换、字词倒装等都很灵活，因此，可以用于现代汉语填词。

单个、两个或三个字组成的词比较适宜用于填词；三个字以上就要考虑两个或三个字的组合或助动词转换。填词时的领字就是一个转换法。领字可平可仄，需按每个词牌确定用法，领字格可以领多字。

唐时，填词主要是把三、五、七字句的诗直接填入歌曲演唱，故有曲子词之说。到了南唐，词成了士大夫皇家贵族取乐的歌词，因此逐渐形成短调令曲。到了宋初，柳永将短调改成长调，再加上士大夫的积极参与，一不小心就成了高不可攀的宋词模样。其实词就是文人在唐宋时依曲（或自度曲）填写的歌词，以经过提炼的微言薄语创作的诗余，与唐宋诗有较大区别。其中很多作品如果不冠以词牌，再按现代诗歌模式适当重新分行组合，可以转身成为一首很好的现代诗歌。因此有人认为词与现代诗歌最为接近不是没有道理的。

本词集将试着基本以现代汉语进行填词，尽量不使用典故，词意尽量以现代汉语语意为主。因此有不像词的地方，敬请各方谅解。

本词集填词数量较多，难免有许多重复使用的词和整个词意重复，在此深表歉意。

2021.2

童启松